Les secrets du manoir

Jérôme Noirval

Published by Pascal Leroy, 2024.

© 2024, Auteur Jérôme Noirval

This is a work of fiction. Similarities to real people, places, or events are entirely coincidental.

LES SECRETS DU MANOIR

First edition. June 27, 2024.

Copyright © 2024 Jérôme Noirval.

ISBN: 979-8227637444

Written by Jérôme Noirval.

Les Secrets du Manoir

Sommaire :

Chapitre 1 : L'Invitation au Manoir

L'inspectrice Alice Duval reçoit une mystérieuse invitation à séjourner au manoir Legrand, situé à Saint-Jabord, dans l'est de la France. À son arrivée, elle découvre un manoir gothique empreint de mystères et de tensions parmi ses habitants.

Chapitre 2 : Les Premières Pistes

Alice commence son enquête en interrogeant les membres de la famille Legrand et le personnel du manoir. Elle découvre des indices troublants qui suggèrent l'existence de secrets profondément enfouis.

Chapitre 3 : Révélations Troublantes

Alors qu'elle fouille dans les archives du manoir, Alice trouve des lettres anciennes qui parlent de rituels et de querelles familiales. Les tensions s'accentuent parmi les habitants.

Chapitre 4 : Les Fantômes du Passé

Alice explore les sous-sols du manoir et découvre une pièce secrète remplie de symboles occultes. Elle est confrontée à des phénomènes étranges et inquiétants.

Chapitre 5 : Suspicion et Paranoïa

Les habitants de Saint-Jabord commencent à se méfier les uns des autres. Alice doit naviguer entre les accusations et les alibis tout en maintenant l'ordre.

Chapitre 6 : Alliances Fragiles

Alice trouve des alliés inattendus parmi les habitants du manoir, mais les trahisons et les mensonges compliquent son enquête. Les alliances se forment et se défont.

Chapitre 7 : Le Dîner Fatal

Un événement dramatique se produit lors d'un dîner au manoir, plongeant Alice dans une course contre la montre pour découvrir la vérité. Les tensions atteignent leur paroxysme.

Chapitre 8 : La Chasse aux Indices

Alice découvre de nouveaux indices qui la mènent à explorer les environs de Saint-Jabord. Elle découvre des liens entre les événements actuels et des incidents passés.

Chapitre 9 : Les Secrets de Saint-Jabord

Les habitants du village révèlent des secrets enfouis depuis longtemps, et Alice comprend que le manoir n'est pas le seul lieu de mystère. Des révélations cruciales émergent.

Chapitre 10 : Les Ombres de la Conspiration

Alice découvre qu'il existe une conspiration qui s'étend bien au-delà du manoir. Elle doit faire face à des adversaires puissants et déterminer qui est digne de confiance.

Chapitre 11 : Le Piège se Referme

L'étau se resserre autour des coupables, mais Alice doit déjouer un piège mortel. La vérité commence à émerger, mais à quel prix ?

Chapitre 12 : La Nuit de la Révélation

Alice fait une découverte choc qui change tout. Elle doit affronter ses propres démons et les secrets du manoir pour révéler la vérité. Les tensions culminent en une confrontation explosive.

Chapitre 13 : Les Ombres Persistantes

Les conséquences des révélations secouent le manoir et le village de Saint-Jabord. Alice doit démêler les derniers fils du mystère et faire face aux retombées émotionnelles.

Chapitre 14 : Reconstruction et Résilience

Alice aide les habitants à reconstruire leur vie après les événements tragiques. Les relations se réparent lentement, mais les cicatrices restent. Elle réfléchit à ses propres choix et à leur impact.

Chapitre 15 : Un Nouvel Équilibre

Saint-Jabord retrouve peu à peu la paix. Alice doit décider de son avenir après cette enquête. Elle quitte le manoir avec une compréhension profonde des secrets et des forces en jeu, prête à affronter de nouveaux défis.

Les Secrets du Manoir
Chapitre 1 : L'Invitation au Manoir

Alice Duval regardait par la fenêtre du train, ses pensées aussi agitées que le paysage qui défilait sous ses yeux. Les vastes plaines de l'est de la France s'étendaient à perte de vue, ponctuées de collines boisées et de petits villages pittoresques. Alors que le train approchait de Saint-Jabord, un village pittoresque niché dans une vallée verdoyante, Alice sentit une étrange appréhension monter en elle. Elle tenait entre ses mains une invitation en velours noir, ornée d'un sceau doré, qui l'avait menée jusqu'ici.

Saint-Jabord semblait figé dans le temps, avec ses maisons à colombages, ses ruelles pavées et ses habitants qui semblaient connaître chaque recoin de ce lieu empreint de mystères. L'air était frais et empreint d'une odeur de terre humide, signe que la forêt environnante était proche.

Alice quitta le train et marcha jusqu'à la petite place du village où une calèche, attelée à deux chevaux noirs, l'attendait. Le cocher, un homme d'âge mûr au visage buriné par les années, la salua d'un hochement de tête.

« Mademoiselle Duval, je présume ? » demanda-t-il d'une voix grave.

Alice acquiesça et monta dans la calèche. Le trajet jusqu'au manoir Legrand était empreint d'une atmosphère mystérieuse. Les arbres formaient un tunnel naturel au-dessus du chemin, créant des jeux d'ombres et de lumières sur le sol. Alice sentit son cœur s'accélérer, à la fois par anticipation et par une légère anxiété face à l'inconnu.

Le manoir Legrand se dressait fièrement au bout de l'allée, majestueux et imposant avec ses tours en pierre et ses vitraux colorés. Alice fut frappée par la beauté sombre et gothique de l'édifice. Des gargouilles surveillaient les environs du haut de leurs perchoirs, ajoutant une touche d'ancienne légende à ce lieu mystérieux.

Le portail de fer forgé s'ouvrit dans un grincement sinistre. La calèche s'arrêta devant l'entrée principale, où le majordome du manoir, un homme mince et sévère nommé Henri, l'attendait.

« Mademoiselle Duval, bienvenue au manoir Legrand. Mademoiselle Sophie Legrand vous attend dans le salon. »

Alice suivit Henri à l'intérieur, traversant des couloirs ornés de tapisseries anciennes et de portraits de famille austères. L'atmosphère était chargée d'histoire et de secrets. Le salon, décoré avec des meubles antiques et éclairé par la lueur vacillante des chandeliers, exsudait une élégance désuète.

Sophie Legrand, une femme d'une quarantaine d'années au regard perçant, se leva pour l'accueillir. Elle avait une allure distinguée et une aura de mystère autour d'elle.

« Alice, merci d'avoir accepté mon invitation. Nous avons tant à discuter. »

Alice et Sophie s'assirent dans le salon, où un feu crépitait dans la cheminée. La conversation débuta de manière formelle, avec des échanges de politesses et des questions sur le voyage d'Alice. Mais bientôt, la discussion s'approfondit.

« Vous vous demandez sûrement pourquoi j'ai fait appel à vous, » commença Sophie, le regard fixant intensément celui d'Alice. « Notre famille est en proie à des événements troublants. Des disparitions, des bruits étranges, des ombres dans la nuit... Nous avons besoin de quelqu'un de votre expertise. »

Alice prit un moment pour observer Sophie. Derrière ses yeux perçants, elle discernait une peur authentique, mais aussi quelque chose de plus complexe, une sorte de tension intérieure.

« Parlez-moi de ces événements, » demanda Alice calmement.

Sophie expliqua que depuis quelques mois, des incidents inexplicables perturbaient la vie au manoir. Des objets déplacés, des apparitions mystérieuses et, plus récemment, la disparition inquiétante de son cousin, Charles Legrand. La police locale n'avait rien trouvé de concluant, d'où son appel à l'inspectrice Duval, connue pour son flair et son instinct.

Pour mieux comprendre la situation, Alice décida de rencontrer les autres habitants du manoir. Chaque personne semblait avoir une version différente des événements, ajoutant à la confusion générale.

Henri, le majordome, parlait peu mais ses yeux révèlent une vigilance constante. Il semblait connaître chaque secret du manoir, mais n'en dévoilait aucun.

Marie, la cuisinière, était une femme robuste à l'air jovial, mais Alice sentait une nervosité sous-jacente lorsqu'elle parlait des nuits récentes.

« Vous savez, Mademoiselle Duval, on dit que le manoir est hanté. J'ai entendu des bruits, des pleurs... Et cette disparition de Charles, c'est pas naturel. »

Alice écoutait attentivement, notant les détails et les contradictions. Les histoires des habitants du village ajoutaient à l'intrigue, chacun ayant ses propres rumeurs et superstitions sur le manoir et ses habitants.

Alors que la nuit tombait sur Saint-Jabord, une atmosphère lourde et oppressante s'installait au manoir. Les habitants se retiraient dans leurs chambres, laissant Alice seule avec ses pensées et ses notes. Elle s'installa dans la bibliothèque, une vaste pièce remplie de livres anciens, de globes et de cartes.

C'est alors qu'elle entendit un bruit sourd venant du couloir. Alice se leva prudemment et ouvrit la porte. Une silhouette se tenait au bout du couloir, immobile. Son cœur s'emballa, mais elle resta calme.

« Qui est là ? » demanda-t-elle d'une voix ferme.

La silhouette s'avança lentement, révélant Henri, le majordome.

« Pardonnez-moi de vous avoir effrayée, Mademoiselle Duval. Je voulais juste m'assurer que tout allait bien. »

Alice nota la nervosité dans sa voix. Quelque chose n'allait pas, et elle le sentait.

Le lendemain, Alice décida d'explorer les environs du manoir. Elle découvrit une vieille chapelle abandonnée dans les bois, recouverte de mousse et de lierre. À l'intérieur, elle trouva des symboles gravés dans les murs, similaires à ceux qu'elle avait vus dans la pièce secrète du manoir.

En revenant, elle tomba sur Thomas, le jardinier, un homme taciturne au visage marqué par les années passées à travailler la terre.

« Qu'est-ce que vous savez de cette chapelle, Thomas ? » demanda Alice.

Thomas hésita un moment avant de répondre. « C'est un endroit que beaucoup évitent, mademoiselle. On dit qu'il y a des secrets enfouis là-bas, des choses qu'il vaut mieux ne pas réveiller. »

Ce soir-là, Sophie annonça qu'une cérémonie en l'honneur de leurs ancêtres aurait lieu dans la chapelle. Tous les habitants du manoir étaient conviés. Alice sentit que c'était l'occasion parfaite pour observer de plus près les interactions et les comportements.

La cérémonie était empreinte de mysticisme. Les chants résonnaient dans la chapelle, créant une atmosphère envoûtante. Alice remarqua les regards échangés entre certains membres de la famille, des regards chargés de non-dits et de secrets.

Après la cérémonie, Alice retourna dans la chapelle pour inspecter les lieux à nouveau. Elle découvrit une trappe dissimulée sous l'autel. En l'ouvrant, elle trouva un passage menant à une crypte ancienne.

Dans la crypte, des coffres remplis de documents et d'objets anciens révèlent l'histoire sombre de la famille Legrand. Alice comprit que les mystères du manoir étaient bien plus profonds qu'elle ne l'avait imaginé.

Alice confronta Sophie avec ses découvertes. Sophie, visiblement secouée, admit que la famille Legrand avait toujours été hantée par des secrets et des malédictions. Elle révéla aussi que Charles avait découvert quelque chose de crucial avant sa disparition.

Alors que Sophie parlait, Alice remarqua Henri écoutant à la porte. Le majordome semblait en savoir bien plus qu'il ne voulait l'admettre.

Alice passa une nuit agitée, les pièces du puzzle se formant lentement dans son esprit. Elle était désormais convaincue que quelqu'un au manoir jouait un double jeu.

Au milieu de la nuit, elle entendit des bruits dans le couloir. Elle se leva silencieusement et suivit les sons jusqu'à la bibliothèque. Là, elle trouva Henri en train de fouiller parmi les livres, un air de panique sur le visage.

« Que cherchez-vous, Henri ? » demanda Alice d'une voix calme mais ferme.

Henri sursauta et se tourna vers elle, son visage blême dans la lueur de la bougie. « Je... je cherchais des réponses, Mademoiselle Duval. Comme vous. »

Alice et Henri passèrent le reste de la nuit à discuter des secrets du manoir. Henri avoua avoir servi la famille Legrand toute sa vie, et être au courant de certains des mystères les plus sombres.

« Il y a des forces à l'œuvre ici que vous ne comprenez pas, Mademoiselle Duval. Des forces qui dépassent l'entendement. »

Alice écoutait attentivement, prenant note de chaque détail. Elle savait qu'elle approchait de la vérité, mais que cette vérité serait difficile à accepter.

Le soleil se leva sur Saint-Jabord, apportant une nouvelle journée pleine de promesses et de dangers. Alice sentait qu'elle était sur le point de découvrir quelque chose de monumental. Elle savait que cette enquête serait l'une des plus difficiles de sa carrière, mais elle était prête à affronter les ombres du manoir Legrand.

Alice Duval était déterminée à dénouer les fils de cette intrigue complexe, et chaque habitant de Saint-Jabord semblait détenir une part du puzzle.

Chapitre 2 : Les Premières Pistes

Le soleil venait à peine de percer l'horizon lorsque Alice Duval s'éveilla, les événements de la nuit précédente encore frais dans son esprit. Le manoir Legrand était silencieux, mais une tension palpable flottait dans l'air. Alice savait que la clé de son enquête résidait dans les secrets enfouis de cette demeure imposante.

Elle descendit les escaliers en bois sombre, ses pas résonnant légèrement dans le silence du matin. Le hall d'entrée du manoir, avec ses hauts plafonds et ses colonnes en marbre, semblait étrangement vide. Alice prit un moment pour observer les détails de l'architecture, les motifs gothiques des vitraux et les lourds rideaux de velours qui tamisaient la lumière du jour.

Alice décida de commencer sa journée en interrogeant les habitants du manoir. Elle commença par Marie, la cuisinière, qui préparait le petit-déjeuner dans la grande cuisine en pierre.

« Bonjour Marie, » dit Alice en entrant. « Puis-je vous poser quelques questions ? »

Marie, une femme au visage marqué par les années de dur labeur, lui sourit timidement. « Bien sûr, mademoiselle Duval. Qu'est-ce que vous voulez savoir ? »

Alice prit une chaise et s'assit à la table de la cuisine. « Parlez-moi de la nuit où Charles a disparu. Avez-vous remarqué quelque chose d'inhabituel ? »

Marie hésita un instant, jetant un coup d'œil vers la porte pour s'assurer qu'elles étaient seules. « Charles était agité ces derniers temps. Il parlait de choses qu'il avait découvertes, mais il restait vague. La nuit de sa disparition, j'ai entendu des voix dans le couloir, des voix que je ne reconnaissais pas. »

Après avoir discuté avec Marie, Alice décida de fouiller la chambre de Charles. La pièce était en désordre, signe d'une recherche hâtive ou d'un départ précipité. Les murs étaient ornés de photographies anciennes, et une grande bibliothèque occupait un mur entier.

Alice examina les livres, cherchant des indices. Elle trouva un carnet de notes dissimulé derrière une rangée de romans. Les pages étaient remplies d'écrits hâtifs, des descriptions de symboles étranges et des annotations sur l'histoire du manoir Legrand. Un passage en particulier attira son attention :

« ... les tunnels sous le manoir sont la clé. Ils cachent quelque chose d'ancien et de puissant. Je dois y aller, mais je crains de ne pas revenir... »

Alice retourna voir Sophie dans le salon. La femme d'une quarantaine d'années était assise près de la cheminée, son regard perdu dans les flammes dansantes.

« Sophie, » commença Alice, « j'ai trouvé le carnet de Charles. Il parle de tunnels sous le manoir. Que savez-vous à ce sujet ? »

Sophie pâlit légèrement. « Les tunnels... Oui, il y en a. Ils sont anciens, construits par nos ancêtres pour des raisons que nous ne comprenons pas pleinement. Charles était obsédé par eux. Il pensait qu'ils cachaient un secret important. »

Alice pouvait sentir la peur dans la voix de Sophie, mais aussi une détermination à découvrir la vérité.

Munie d'une lampe torche et du carnet de Charles, Alice descendit dans les profondeurs du manoir. Elle trouva une porte cachée derrière une tapisserie dans le sous-sol, menant à un réseau de tunnels sombres et humides. L'odeur de terre et de moisissure emplissait l'air, et le silence était assourdissant.

Les tunnels étaient étroits et sinueux, et Alice devait souvent se baisser pour éviter les racines et les rochers saillants. Elle suivit les instructions du carnet de Charles, cherchant des signes et des symboles gravés dans les murs.

Soudain, elle entendit un bruit derrière elle, un léger crissement de pas sur la pierre. Alice se retourna rapidement, mais ne vit rien. Son cœur battait la chamade, mais elle continua d'avancer, déterminée à découvrir ce que Charles avait trouvé.

Au bout du tunnel, Alice trouva une petite chambre creusée dans la roche. Au centre se trouvait un autel ancien, recouvert de poussière et de toiles d'araignées. Sur l'autel, un coffre en bois semblait presque neuf par rapport à l'âge apparent de la pièce.

Alice ouvrit le coffre avec précaution. À l'intérieur, elle trouva des parchemins anciens, écrits dans une langue qu'elle ne comprenait pas, et un médaillon en argent gravé d'un symbole qu'elle reconnaissait du carnet de Charles.

Elle rangea les parchemins et le médaillon dans son sac, puis quitta la chambre, sentant que le temps était compté. En remontant, elle réalisa que quelqu'un d'autre connaissait l'existence des tunnels et l'avait suivie.

De retour au manoir, Alice rencontra Henri dans le hall. Le majordome semblait nerveux, ses yeux scrutant les environs comme s'il s'attendait à une attaque.

« Henri, » dit Alice, « nous devons parler. »

Ils s'assirent dans la bibliothèque, la pièce où Henri avait été surpris la nuit précédente. Alice lui montra les parchemins et le médaillon.

« Que savez-vous de ces objets ? » demanda-t-elle.

Henri soupira profondément. « Ces objets sont la clé d'un ancien secret. Ils appartiennent à une société secrète qui a longtemps protégé les secrets du manoir. Charles a dû en découvrir trop, et c'est pourquoi il a disparu. »

Alors qu'Alice continuait son enquête, elle sentit une tension croissante entre les habitants du manoir. Sophie et Henri semblaient dissimuler des informations, et Marie était de plus en plus nerveuse.

Une nuit, Alice surprit une conversation entre Sophie et un homme qu'elle n'avait jamais vu auparavant. L'homme était grand, vêtu d'un manteau sombre, et parlait à voix basse.

« Vous devez garder le secret, » dit-il à Sophie. « Si Alice découvre la vérité, tout sera perdu. »

Alice comprit alors que le mystère du manoir Legrand était bien plus profond et dangereux qu'elle ne l'avait imaginé. Elle décida de confronter Sophie le lendemain.

Le lendemain matin, Alice trouva Sophie seule dans le salon. Elle décida d'aborder directement le sujet.

« Sophie, » dit-elle, « je sais que vous me cachez quelque chose. J'ai entendu votre conversation avec cet homme. »

Sophie blêmit et baissa les yeux. « Je ne voulais pas que vous découvriez cela, mais je suppose que vous avez le droit de savoir. Cet homme est un membre de la société secrète. Ils protègent un secret ancien, quelque chose de puissant et de dangereux. Charles a découvert leur existence, et c'est pourquoi il a disparu. »

Alice écouta attentivement, ses soupçons se confirmant. « Nous devons découvrir ce qu'il a trouvé et pourquoi il a disparu. »

Alice passa les jours suivants à fouiller les archives du manoir, déchiffrant les parchemins et essayant de comprendre les secrets cachés. Elle découvrit des histoires anciennes de trahison, de pouvoir et de mysticisme, toutes liées à la famille Legrand et à leur manoir.

Elle fit aussi des recherches dans le village de Saint-Jabord, parlant aux anciens et aux historiens locaux. Elle apprit que le manoir avait été le centre de nombreuses légendes et rumeurs au fil des siècles.

Un jour, alors qu'elle retournait au manoir, Alice rencontra un homme étrange dans le village. Il portait des vêtements usés et avait l'air d'un vagabond, mais ses yeux étaient vifs et intelligents.

« Vous cherchez des réponses, n'est-ce pas ? » dit-il d'une voix rauque.

Alice hocha la tête, intriguée. « Que savez-vous de l'affaire Charles Legrand ? »

L'homme sourit mystérieusement. « Je sais plus que vous ne le pensez. Rencontrez-moi ce soir à la vieille chapelle, et je vous dirai tout ce que je sais. »

Ce soir-là, Alice se rendit à la vieille chapelle, où elle trouva l'homme l'attendant. Il se présenta comme Étienne, un ancien membre de la société secrète.

« Charles a découvert des secrets que personne n'aurait dû connaître, » expliqua Étienne. « Il a trouvé des preuves de rituels anciens et de pouvoirs dangereux. Il voulait tout révéler, mais il a été arrêté avant de pouvoir le faire. »

Alice écouta attentivement, prenant note de chaque détail. Étienne lui donna des documents qui confirmaient ses dires, des preuves tangibles de l'existence de la société secrète et de leurs activités.

Alice retourna au manoir avec les documents, décidée à mettre fin à ce mystère une fois pour toutes. Elle partagea ses découvertes avec Henri et Sophie, qui furent choqués mais comprirent la gravité de la situation.

« Nous devons exposer la vérité, » dit Alice. « Mais nous devons être prudents. Ceux qui ont fait disparaître Charles ne reculeront devant rien pour protéger leur secret. »

Alice, Henri, et Sophie mirent en place un plan pour exposer la société secrète. Ils décidèrent de convoquer une réunion avec les membres restants, utilisant les documents d'Étienne comme appât.

La nuit de la réunion, le manoir était plongé dans une atmosphère de tension palpable. Les membres de la société secrète arrivèrent, méfiants mais curieux.

Alice prit la parole, exposant les preuves et les révélations. Les réactions furent variées, allant de la colère à la peur. Mais avant que la situation ne puisse dégénérer, la police, qu'Alice avait discrètement appelée, fit irruption pour arrêter les responsables.

Avec la société secrète démantelée et les coupables arrêtés, Alice sentit un poids se lever de ses épaules. Charles Legrand avait trouvé la paix, et les secrets du manoir étaient enfin révélés.

Henri et Sophie étaient reconnaissants à Alice pour sa persévérance et son courage. Le manoir Legrand, bien que marqué par des siècles de mystères, pouvait enfin commencer un nouveau chapitre de son histoire.

Alice se tenait devant le manoir, contemplant le lever du soleil sur Saint-Jabord. Elle savait que d'autres enquêtes l'attendaient, mais celle-ci resterait toujours spéciale dans son cœur. Elle avait affronté les ombres du passé et en était sortie victorieuse, prête à affronter de nouveaux défis avec la même détermination et le même esprit de justice.

Chapitre 3 : Révélations Troublantes

Le ciel gris de Saint-Jabord ajoutait une note sombre à l'atmosphère déjà pesante du manoir Legrand. Alice Duval, inspectrice tenace et perspicace, se tenait devant la grande porte du manoir, réfléchissant aux événements récents. L'air frais et humide de l'est de la France semblait accentuer le mystère qui enveloppait le lieu. L'inspectrice avait passé la nuit à analyser les indices trouvés dans le journal de Charles, et elle savait qu'elle devait approfondir ses recherches pour découvrir la vérité.

Alice décida de commencer sa journée en allant parler aux habitants de Saint-Jabord. Elle se dirigea vers la petite place du village, où le marché hebdomadaire battait son plein. Les étals colorés étaient remplis de produits frais, et les villageois discutaient joyeusement malgré l'ambiance générale de tension.

Alice s'approcha d'un groupe de femmes âgées, connues pour leur connaissance des rumeurs locales. L'une d'elles, Marguerite, une femme au visage ridé mais aux yeux vifs, la reconnut immédiatement.

« Bonjour, inspectrice Duval, » dit Marguerite avec un sourire malicieux. « Vous cherchez encore des réponses ? »

Alice hocha la tête. « Oui, Marguerite. J'ai besoin de savoir ce que vous pouvez me dire sur Charles Legrand et les secrets du manoir. »

Marguerite échangea un regard avec ses amies avant de se pencher vers Alice. « On dit que Charles fouillait dans des affaires qui auraient dû rester enfouies. Il y a des histoires de tunnels secrets, de trésors cachés, et de sociétés mystérieuses. »

De retour au manoir, Alice se dirigea vers la chambre de Charles, déterminée à trouver des indices supplémentaires. La pièce était dans le même état de désordre qu'elle l'avait laissée. Les meubles anciens et les murs ornés de portraits de famille semblaient murmurer des secrets oubliés.

Alice se concentra sur le bureau de Charles, où elle trouva une lettre cachetée. En l'ouvrant, elle découvrit une note écrite dans une écriture tremblante :

« Ils viennent pour moi. Je suis allé trop loin. Les tunnels cachent plus que des pierres et de la terre. Ils cachent la vérité. »

Alice sentit un frisson parcourir son échine. Elle savait que cette lettre confirmait ses pires craintes. Quelqu'un avait découvert ce que Charles savait et l'avait fait disparaître.

Alice descendit au salon où Henri, le majordome, l'attendait. Son visage habituellement impassible montrait des signes de stress.

« Henri, » dit Alice en s'asseyant en face de lui, « j'ai trouvé cette lettre dans la chambre de Charles. Que pouvez-vous me dire sur les tunnels et ce qu'ils contiennent ? »

Henri prit une profonde inspiration avant de répondre. « Les tunnels sont un ancien réseau construit par les ancêtres de la famille Legrand. Ils ont été utilisés à différentes époques pour des raisons variées, certaines plus sombres que d'autres. Charles pensait qu'ils cachaient un trésor, mais je crains que ce qu'il ait trouvé soit bien plus dangereux. »

Sophie, la sœur de Charles, entra dans le salon, son visage pâle et ses yeux cernés. Elle avait écouté la conversation depuis la porte.

« Alice, » dit-elle d'une voix tremblante, « je crois que Charles a découvert quelque chose qu'il n'aurait pas dû. Il m'avait parlé de documents anciens et de rituels oubliés. Il avait l'air tellement effrayé. »

Alice sentit une connexion se former entre elles, une alliance basée sur la quête de la vérité. « Sophie, nous devons travailler ensemble pour découvrir ce qui est arrivé à Charles. »

Armée des informations qu'elle avait recueillies, Alice décida d'explorer les tunnels sous le manoir. Sophie et Henri insistèrent pour l'accompagner, bien que leurs visages trahissent leur peur.

Les tunnels étaient sombres et étroits, l'air y était lourd et humide. Les murs de pierre étaient recouverts de mousse et de gravures anciennes. Alice avançait prudemment, sa lampe torche éclairant le chemin sinueux.

Soudain, elle trébucha sur quelque chose de dur. En pointant sa lampe vers le sol, elle découvrit une boîte en métal rouillée. À l'intérieur, des documents scellés et un médaillon en argent brillaient faiblement.

Alice ouvrit les documents avec précaution. Ils contenaient des écrits anciens, des cartes et des notes sur des rituels obscurs. Un nom revenait sans cesse : « La Confrérie de la Nuit ». Alice comprit que cette société secrète était au cœur du mystère du manoir.

Henri, en voyant les documents, pâlit. « La Confrérie de la Nuit était une légende dans la famille. Une société secrète qui protégeait des secrets anciens. Si Charles a découvert leur existence, il est en grand danger. »

De retour à la surface, Alice reçut un appel étrange. Une voix rauque lui murmura à l'oreille : « Si vous voulez la vérité, venez seule à la vieille chapelle ce soir. »

Alice sentit son cœur s'accélérer. Elle savait qu'elle devait y aller, mais elle ne voulait pas risquer la sécurité de Sophie et Henri. « Je dois y aller seule, » dit-elle fermement.

La vieille chapelle, abandonnée depuis des décennies, se dressait à l'écart du village, entourée d'arbres noueux. Alice entra prudemment, ses pas résonnant dans le silence.

Un homme se tenait dans l'ombre, son visage caché par un large chapeau. « Vous êtes Alice Duval, » dit-il. « Je suis Étienne, un ancien membre de la Confrérie. Charles a découvert des secrets qui ne devaient jamais être révélés. »

Alice s'avança, son regard fixé sur l'homme. « Que savez-vous de la disparition de Charles ? »

Étienne soupira. « Charles a trouvé des preuves de notre existence et de nos rituels. Il a menacé de tout révéler. Certains membres de la Confrérie ont décidé de l'empêcher, par tous les moyens nécessaires. »

Étienne donna à Alice des preuves supplémentaires : des photographies, des enregistrements et des noms. « Vous devez comprendre, inspectrice, que la Confrérie de la Nuit est puissante. Ils ne reculeront devant rien pour protéger leurs secrets. »

Alice savait qu'elle avait désormais assez de preuves pour avancer dans son enquête, mais elle devait agir prudemment. « Merci, Étienne. Votre aide est inestimable. »

De retour au manoir, Alice rassembla Henri et Sophie. « J'ai des preuves solides sur la Confrérie de la Nuit. Nous devons les utiliser pour faire pression sur les membres restants et découvrir où se trouve Charles. »

Henri et Sophie acquiescèrent, déterminés à mettre fin à cette affaire. Alice sentit une nouvelle énergie les envahir, une résolution commune à découvrir la vérité.

Alice organisa une réunion avec les membres influents du village, y compris ceux qu'elle soupçonnait d'être liés à la Confrérie. La tension était palpable lorsqu'ils se retrouvèrent dans la grande salle du manoir.

« Mesdames et messieurs, » commença Alice, « j'ai des preuves de l'existence de la Confrérie de la Nuit et de leur implication dans la disparition de Charles Legrand. »

Les murmures s'élevèrent, certains visages pâlirent. Un homme, le maire du village, se leva brusquement. « Vous ne savez pas de quoi vous parlez, inspectrice. Ce sont des légendes ! »

Alice le regarda droit dans les yeux. « Ce ne sont pas des légendes. J'ai des preuves tangibles. Si vous ne coopérez pas, je ferai appel à la justice. »

Sous la pression, l'un des membres craqua. « D'accord, » dit-il d'une voix tremblante. « Charles a découvert notre existence. Il voulait tout révéler. Nous avons dû l'empêcher, mais nous ne voulions pas lui faire de mal. »

Alice sentit une vague de soulagement et de colère. « Où est-il maintenant ? »

L'homme baissa les yeux. « Nous l'avons caché dans un endroit sûr, mais il a tenté de s'échapper. Nous ne savons pas où il est. »

Alice savait que chaque seconde comptait. Avec l'aide de Sophie et Henri, elle suivit les indices laissés par la confession. Ils fouillèrent les environs du manoir et les lieux mentionnés dans les documents d'Étienne.

Leurs recherches les conduisirent à une vieille ferme à l'extérieur du village. En entrant dans l'une des granges abandonnées, ils trouvèrent Charles, affaibli mais vivant.

Charles fut ramené au manoir, où il raconta tout ce qu'il avait découvert. La Confrérie de la Nuit avait des racines profondes dans le village, utilisant les tunnels pour cacher des secrets depuis des générations.

Alice documenta tout, déterminée à exposer la vérité au grand jour. « Charles, votre courage a sauvé bien des vies. Nous allons nous assurer que justice soit faite. »

Avec la Confrérie démantelée et la vérité révélée, Saint-Jabord commença à retrouver sa tranquillité. Alice, satisfaite du dénouement, se prépara à de nouvelles enquêtes, forte de l'expérience qu'elle venait de vivre.

Les secrets du manoir avaient été dévoilés, et bien que les ombres du passé aient laissé des traces, une nouvelle lumière s'était levée sur Saint-Jabord, marquant le début d'une ère de justice et de transparence.

Chapitre 4 : Les Fantômes du Passé

L'aube se levait lentement sur Saint-Jabord, baignant le village d'une lumière douce et dorée. Le manoir Legrand, imposant et mystérieux, se dressait comme un gardien silencieux. Alice Duval, inspectrice aux yeux perçants et au regard déterminé, contemplait l'horizon depuis une fenêtre du manoir, ses pensées en ébullition. Les événements récents avaient laissé une empreinte indélébile sur sa conscience.

Dans le village, les habitants tentaient de reprendre le cours de leur vie, bien que l'ombre des révélations récentes continuait de planer. Marguerite, la vieille commère, discutait avec ses amies à la boulangerie, leurs voix basses et teintées d'inquiétude.

« Tu penses qu'ils savaient tout ça depuis le début, ces Legrand ? » demanda une femme à la voix rauque.

« Qui sait, » répondit Marguerite en haussant les épaules. « Mais maintenant que tout est dehors, on n'a plus qu'à voir ce que ça va donner. »

Alice, après une nuit sans sommeil, était tourmentée par des souvenirs de son enfance, des moments de bonheur perdus depuis longtemps. Elle se rappelait les jeux avec ses frères dans les champs dorés, les rires qui résonnaient dans l'air frais de la campagne. Elle savait que pour résoudre cette affaire, elle devait plonger dans le passé, non seulement celui des Legrand, mais aussi le sien.

Elle se tourna vers Charles, toujours en convalescence. « Charles, tu as mentionné des rituels dans tes notes. Peux-tu m'en dire plus ? »

Charles, la voix faible mais déterminée, répondit : « Les rituels étaient liés à la Confrérie de la Nuit. Ils cherchaient à protéger un secret ancien, quelque chose qui remonte à des siècles. J'ai trouvé des références à des artefacts cachés dans les tunnels. »

Alice se rendit à la mairie pour rencontrer le maire, un homme austère du nom de Pierre Lambert. Son bureau, décoré de portraits d'anciens maires, exhalait une odeur de bois poli et de vieux papiers.

« Monsieur Lambert, » commença Alice, « j'ai besoin de savoir tout ce que vous savez sur la Confrérie de la Nuit. »

Le maire, l'air grave, répondit : « Inspectrice, ces histoires datent de plusieurs générations. Mais si ce que vous avez découvert est vrai, alors notre village est en danger. Il faut absolument découvrir la vérité pour protéger Saint-Jabord. »

Sophie, la sœur de Charles, se plongea dans les archives familiales à la recherche de réponses. Les vieux livres et documents poussiéreux contenaient des indices sur les rituels et les secrets des Legrand. Une nuit, elle trouva un manuscrit ancien mentionnant un artefact capable de « révéler la lumière cachée dans les ténèbres. »

Excitée, elle courut vers Alice. « Regarde ça, » dit-elle, ses yeux brillants d'excitation. « Cet artefact pourrait être la clé pour comprendre ce qui se passe ici. »

Les recherches menèrent Alice et son équipe à une ancienne ferme en périphérie du village. La ferme, abandonnée et envahie par la végétation, semblait cacher des secrets dans ses murs délabrés. En explorant la maison principale, ils découvrirent un passage secret menant à une cave obscure.

« On dirait que cette ferme a été utilisée pour des activités clandestines, » murmura Alice en inspectant les lieux.

Au fond de la cave, Alice trouva un médaillon en argent, gravé de symboles étranges. En l'examinant de plus près, elle remarqua une inscription en latin : « Veritas vos liberabit » (La vérité vous libérera).

Henri, qui les avait accompagnés, expliqua : « Ce médaillon appartient à la Confrérie. Il a été porté par ses membres les plus anciens. »

Alice sentit que ce médaillon était une pièce cruciale du puzzle. « Il faut découvrir à qui il a appartenu et ce qu'il signifie. »

De retour au village, Alice réunit les villageois pour une réunion d'urgence. Elle exposa ses découvertes et expliqua l'importance de coopérer pour résoudre le mystère.

« Nous devons travailler ensemble, » dit-elle d'une voix ferme. « La Confrérie a peut-être disparu, mais ses secrets continuent de nous hanter. »

Les réactions des villageois furent variées. Certains étaient effrayés, d'autres sceptiques, mais tous comprenaient l'importance de l'enjeu.

Un soir, un homme mystérieux, se présentant comme un ancien membre de la Confrérie, vint trouver Alice. Ses yeux étaient fatigués, mais déterminés.

« Inspectrice Duval, » commença-t-il, « je suis Étienne, un ancien gardien des secrets de la Confrérie. Je ne pouvais plus rester silencieux en voyant ce qui se passe. Je dois vous aider. »

Alice l'écouta attentivement, sentant qu'il détenait des informations cruciales. « Étienne, que pouvez-vous nous dire sur le médaillon et les artefacts cachés ? »

Étienne expliqua que le médaillon était la clé pour activer un ancien artefact, capable de révéler les secrets les plus enfouis. « Cet artefact a été caché dans les tunnels sous le manoir. Seuls les membres de la Confrérie connaissaient son emplacement exact. »

Alice, Sophie, et Henri décidèrent d'explorer les tunnels une nouvelle fois, cette fois-ci avec Étienne comme guide.

Les tunnels étaient sombres et sinueux, leur atmosphère oppressante augmentée par les récits d'Étienne. Ils s'enfoncèrent plus profondément, guidés par la lumière vacillante de leurs torches.

Sophie trouva un ancien parchemin caché dans une niche, détaillant les rituels de la Confrérie et la façon d'utiliser l'artefact. « Nous sommes proches, » murmura-t-elle.

Au bout du tunnel, ils découvrirent une salle secrète, ornée de symboles anciens et de gravures. Au centre, sur un piédestal, se trouvait l'artefact : une sphère en cristal, entourée de runes scintillantes.

Alice approcha le médaillon du cristal, et soudain, une lumière éclatante emplit la salle. Les symboles s'illuminèrent, révélant des images et des écrits anciens.

Les images projetées racontaient l'histoire de la Confrérie de la Nuit, depuis sa création jusqu'à ses actions récentes. Elles montraient comment les membres avaient protégé des secrets et des trésors à travers les siècles.

Étienne expliqua : « La Confrérie n'était pas mauvaise à l'origine. Elle cherchait à préserver la connaissance et à protéger les innocents. Mais au fil du temps, certains membres ont dévié de cette mission. »

En examinant les écrits anciens, Alice découvrit une liste de noms, dont celui du maire et d'autres figures influentes du village. « Ils étaient tous impliqués, » murmura-t-elle. « Ils savaient ce qui se passait et ont tout fait pour le cacher. »

Alice retourna au village, déterminée à confronter les responsables. Elle rassembla les preuves et se présenta au conseil municipal, exposant les actions de la Confrérie et les noms des membres impliqués.

« Vous avez tous trahi la confiance de ce village, » dit-elle avec force. « Il est temps de rendre des comptes. »

Avec les preuves en main, Alice s'assura que justice soit rendue. Le village de Saint-Jabord commença à se reconstruire, libéré des ombres du passé.

Alice, Sophie, et Henri se tenaient devant le manoir, contemplant l'avenir avec espoir. « Nous avons révélé la vérité, » dit Alice. « Maintenant, nous pouvons aller de l'avant. »

Les fantômes du passé avaient été exorcisés, et un nouvel espoir émergeait des ruines de la Confrérie de la Nuit.

Chapitre 5 : Suspicion et Paranoïa

Saint-Jabord, d'ordinaire paisible, était maintenant enveloppé d'une aura de méfiance et de tension palpable. Les rues, bordées de maisons anciennes aux façades de pierre, semblaient porter le poids des secrets révélés. Les arbres, verdoyants en été, semblaient maintenant être des spectateurs silencieux des événements troublants qui secouaient la communauté.

Alice Duval se promenait dans les ruelles, observant les habitants. Les regards étaient fuyants, les conversations se taisaient lorsqu'elle approchait. Elle ressentait le poids de la suspicion sur ses épaules, une méfiance qui semblait l'envelopper comme un manteau lourd et oppressant.

Sophie, encore perturbée par les découvertes récentes, se tenait devant la cheminée du manoir, observant les flammes danser. Elle se demandait comment leur famille avait pu être mêlée à de tels secrets. Elle revoyait les images projetées par le cristal, les visages des membres de la Confrérie, et une peur sourde la prenait.

Charles, plus fragile, s'approcha d'elle. « Sophie, que vas-tu faire maintenant ? »

Elle soupira, le regard perdu dans les flammes. « Je ne sais pas, Charles. Comment peut-on continuer après avoir découvert tant de choses effroyables ? »

Charles posa une main réconfortante sur son épaule. « Nous devons aller de l'avant. Pour la mémoire de nos parents et pour nous-mêmes. »

Au café du village, lieu de rencontre des habitants, les discussions allaient bon train. Marguerite, la vieille commère, était au centre d'un groupe, ses yeux perçants scrutant chaque visage.

« Vous avez entendu ce qu'Alice a trouvé ? » chuchota-t-elle. « Ils disent que les Legrand étaient impliqués dans des rituels secrets. »

Jean, le boulanger, secoua la tête. « Des histoires, tout ça. Mais quand même, on ne sait jamais avec ces vieilles familles. »

La tension était palpable, chaque mot pesant lourd de sous-entendus et de peur.

Alice se rendit à la mairie pour une nouvelle confrontation avec le maire Lambert. Son bureau, habituellement ordonné, était en désordre, des papiers éparpillés partout, témoignant de la crise en cours.

« Monsieur Lambert, » commença-t-elle, « nous devons parler de la Confrérie. »

Le maire leva les yeux, son visage marqué par la fatigue et l'inquiétude. « Inspectrice, je vous ai déjà dit tout ce que je savais. »

Alice sentit une note de désespoir dans sa voix. « Ce village a besoin de réponses. Si nous ne découvrons pas la vérité, la méfiance détruira tout. »

Étienne, l'ancien membre de la Confrérie, revint au manoir avec de nouvelles informations. Son visage était sombre, marqué par la gravité de ce qu'il avait découvert.

« Alice, j'ai fouillé dans les anciens documents de la Confrérie. Il y a des choses que vous devez savoir. »

Ils s'assirent autour d'une table, Étienne étalant des papiers et des vieux parchemins. « Ces documents parlent d'un rituel final, quelque chose que la Confrérie devait accomplir. Et il semble que certains membres actuels veulent encore le réaliser. »

Henri, jusque-là un allié fidèle, commençait à susciter des soupçons parmi les villageois. Des rumeurs circulaient sur son implication possible dans les activités clandestines de la Confrérie.

Alice décida de le confronter. « Henri, il y a des rumeurs qui courent à ton sujet. Certains disent que tu as été plus impliqué que tu ne le laisses paraître. »

Henri, visiblement blessé, répondit avec véhémence. « Alice, tu me connais. J'ai tout fait pour aider, pas pour nuire. Ces rumeurs sont infondées. »

Alice resta silencieuse un moment, pesant ses mots. « Je veux te croire, Henri. Mais dans cette situation, nous ne pouvons prendre aucun risque. »

Marguerite, la vieille commère, décida de révéler à Alice ce qu'elle savait. Elle l'invita chez elle, une maison remplie de bibelots et de souvenirs.

« Alice, » commença-t-elle, « j'ai vu des choses. Des choses que je n'ai jamais osé dire à personne. Les Legrand, ils étaient toujours un peu différents. Mais il y a eu une nuit, il y a longtemps... »

Alice écouta attentivement, chaque mot de Marguerite ajoutant une pièce au puzzle complexe de l'enquête.

La tension à Saint-Jabord atteignait son paroxysme. Les habitants se méfiaient les uns des autres, les anciennes amitiés se transformaient en animosités. La paranoïa s'infiltrait dans chaque recoin du village.

Un soir, Alice trouva un message anonyme glissé sous sa porte : « Ne fais confiance à personne. La vérité est plus sombre que tu ne l'imagines. »

En fouillant dans les archives du manoir, Alice trouva des journaux intimes de membres de la Confrérie. Ils parlaient de rituels, de secrets enfouis et de trahisons.

« La Confrérie de la Nuit, » lut-elle à voix haute, « avait pour mission de protéger un secret. Mais avec le temps, cette mission a été corrompue. »

Sophie, qui l'écoutait, demanda : « Qu'est-ce que cela signifie pour nous ? »

Alice répondit, les yeux rivés sur les pages jaunies. « Cela signifie que nous devons découvrir ce secret avant qu'il ne soit trop tard. »

Un soir, alors qu'Alice retournait au manoir, elle fut attaquée par une silhouette masquée. Un combat s'ensuivit, rapide et brutal. Alice parvint à désarmer son agresseur, mais il s'échappa dans l'obscurité.

De retour au manoir, elle raconta l'incident à Charles et Sophie. « Quelqu'un ne veut pas que nous découvrions la vérité. Nous devons être sur nos gardes. »

Jean, le boulanger, vint voir Alice avec des informations cruciales. « J'ai trouvé quelque chose dans la cave de ma boulangerie. Des documents anciens, peut-être liés à la Confrérie. »

Alice et Étienne examinèrent les documents. Ils contenaient des plans pour un rituel final, prévu pour une date proche. « Nous devons empêcher cela, » déclara Alice.

Les relations entre les personnages se compliquaient. Sophie et Henri se rapprochaient, malgré les soupçons pesant sur lui. Marguerite continuait de fouiner, découvrant des secrets de famille enfouis.

Charles, de son côté, semblait cacher quelque chose. Alice le surprit en train de fouiller dans des documents qu'il refusait de partager. « Charles, qu'est-ce que tu caches ? »

Charles, visiblement mal à l'aise, répondit : « Ce sont des choses qui pourraient nous aider. Mais je ne suis pas encore prêt à en parler. »

Sophie trouva une lettre ancienne cachée dans un livre. La lettre, écrite par un membre de la Confrérie, parlait de remords et de trahison.

« Cette lettre pourrait être la clé pour comprendre ce qui s'est passé, » dit-elle à Alice.

Alice, en lisant la lettre, sentit une nouvelle vague de détermination. « Nous devons trouver la personne à qui elle était destinée. Cela pourrait tout changer. »

La date du rituel final approchait. Alice et son équipe devaient agir rapidement. Les tensions dans le village montaient, chaque habitant devenant un suspect potentiel.

Alice réunit les villageois pour une réunion d'urgence. « Nous devons travailler ensemble pour empêcher ce rituel. La sécurité de notre village en dépend. »

Alice découvrit un indice crucial : un symbole gravé sur une pierre près du manoir, correspondant à un symbole dans les journaux de la Confrérie.

« C'est ici, » murmura-t-elle. « C'est ici que tout a commencé. Et c'est ici que tout doit se terminer. »

Les révélations laissaient présager un dénouement explosif, les secrets enfouis menaçant de tout détruire si Alice ne parvenait pas à les révéler à temps.

Chapitre 6 : Alliances Fragiles

Le manoir de Saint-Jabord se dressait majestueusement sous la couverture neigeuse, ses murs de pierre gris sombre contrastant avec la blancheur immaculée. Les arbres dénudés par l'hiver semblaient des sentinelles silencieuses, gardant jalousement les secrets du passé.

À l'intérieur, Alice Duval observait le jardin depuis une fenêtre embrumée. Les flocons de neige tombaient doucement, mais l'atmosphère paisible contrastait avec le tumulte qui régnait en elle. La vérité était si proche, et pourtant, elle semblait toujours insaisissable.

Sophie se sentait de plus en plus isolée. Les récents événements l'avaient ébranlée, et chaque révélation semblait soulever plus de questions que de réponses. Elle se tournait vers Alice pour trouver du réconfort et de la clarté.

« Alice, » dit-elle d'une voix tremblante, « comment pouvons-nous être sûrs de qui nous pouvons faire confiance ? Tout le monde semble avoir quelque chose à cacher. »

Alice, les sourcils froncés, répondit : « Nous devons être vigilants, Sophie. La vérité a une façon de se manifester, mais seulement si nous continuons à chercher sans relâche. »

Le café de Saint-Jabord était devenu le centre des rumeurs et des spéculations. Marguerite, toujours en quête de commérages, s'était installée à sa table habituelle, observant chaque mouvement avec une attention particulière.

Elle fit signe à Alice de s'asseoir. « Inspectrice, il y a des choses que vous devriez entendre. Les gens parlent. Ils disent que certains veulent voir les Legrand tomber. »

Alice, toujours sceptique face aux potins de Marguerite, répondit : « Et que disent-ils d'autre, Marguerite ? »

Marguerite se pencha en avant, baissant la voix. « Ils disent qu'il y a des alliances secrètes, des pactes formés dans l'ombre. Faites attention à qui vous faites confiance. »

Henri, malgré les suspicions, était déterminé à prouver son innocence. Il invita Alice à une discussion dans son atelier, un endroit encombré de toiles inachevées et de sculptures énigmatiques.

« Alice, » commença-t-il, « je veux aider. Je sais que beaucoup doutent de moi, mais je suis prêt à tout pour découvrir la vérité. »

Alice l'observa attentivement, cherchant des indices dans ses paroles et ses gestes. « Henri, si tu veux vraiment aider, tu dois être complètement honnête avec moi. As-tu des informations sur les activités de la Confrérie ? »

Henri soupira, regardant une vieille peinture poussiéreuse. « J'ai trouvé des documents cachés dans le grenier du manoir. Ils parlent de rituels, mais aussi de disputes internes. Il y avait des désaccords, des trahisons. »

En examinant les documents fournis par Henri, Alice découvrit des lettres et des journaux intimes révélant des tensions au sein de la Confrérie. Les membres n'étaient pas aussi unis qu'ils le prétendaient.

Elle partagea ses découvertes avec Sophie. « Regardez ça. La Confrérie était déchirée par des querelles internes. Certains membres voulaient mettre fin aux rituels, d'autres voulaient les poursuivre coûte que coûte. »

Sophie, le visage pâle, murmura : « Cela signifie que nous pourrions avoir des alliés inattendus. Des membres repentis qui pourraient nous aider. »

Alice organisa une réunion avec plusieurs habitants influents de Saint-Jabord pour discuter des découvertes. Elle espérait former une alliance pour mettre fin aux menaces de la Confrérie.

Le maire Lambert prit la parole. « Nous devons unir nos forces. Cette Confrérie a semé la division et la peur. Ensemble, nous pouvons mettre fin à cela. »

Étienne, toujours méfiant, ajouta : « Mais comment savoir qui est digne de confiance ? Nous devons être prudents. »

Alice approuva. « La prudence est essentielle, mais nous devons avancer. Si nous restons paralysés par la peur, ils auront gagné. »

En fouillant une vieille bibliothèque du manoir, Alice tomba sur un compartiment secret contenant un carnet de notes. Les pages jaunies étaient remplies de symboles et de formules cryptiques.

Elle montra le carnet à Étienne. « C'est écrit dans un ancien dialecte. Pouvez-vous le traduire ? »

Étienne, après avoir examiné les pages, fronça les sourcils. « Cela parle d'un rituel ultime, une sorte de cérémonie de purification. Si ces notes sont correctes, ce rituel pourrait détruire tout ce que nous connaissons. »

Jean, le boulanger, avait de plus en plus de doutes sur ses voisins. Il se confia à Alice lors d'une de ses visites matinales.

« Alice, » dit-il en pétrissant la pâte, « j'ai remarqué des allers-retours étranges chez mes voisins. Ils reçoivent des visiteurs tard dans la nuit. Cela pourrait être lié à la Confrérie. »

Alice nota mentalement cette information. « Merci, Jean. Continue de garder les yeux ouverts. Chaque détail compte. »

Marguerite, qui semblait toujours bien informée, finit par révéler son véritable visage. Alice découvrit qu'elle avait fourni des informations à certains membres de la Confrérie en échange de faveurs.

Lors d'une confrontation tendue, Marguerite tenta de se défendre. « Je ne faisais que protéger ma famille. Vous ne savez pas ce dont ils sont capables. »

Alice, déçue mais déterminée, répondit : « Vous avez mis tout le village en danger. Il est temps de mettre fin à cela. »

Alice, Henri, et Étienne mirent en place un plan pour piéger les membres actifs de la Confrérie. Ils décidèrent de se servir du carnet de notes pour les attirer dans un piège.

« Nous organiserons une fausse cérémonie, » expliqua Alice. « Lorsque les membres se montreront, nous serons prêts. »

Les jours précédant la cérémonie fictive furent remplis de tension. Alice et ses alliés surveillaient chaque mouvement, chaque conversation, essayant de prévoir les réactions de la Confrérie.

Henri, nerveux, confia à Alice : « Et si cela tourne mal ? Nous ne savons pas combien ils sont, ni à quoi nous attendre. »

Alice, malgré ses propres doutes, tenta de le rassurer. « Nous devons essayer. C'est notre meilleure chance. »

La nuit de la fausse cérémonie, le manoir était éclairé par des bougies, créant une ambiance lugubre et mystique. Alice et ses alliés étaient cachés, prêts à intervenir.

Les membres de la Confrérie commencèrent à arriver, leurs silhouettes sombres se découpant contre la lumière vacillante des flammes. Alice sentit son cœur battre à tout rompre, chaque seconde semblant durer une éternité.

Lorsqu'Alice donna le signal, ses alliés sortirent de leurs cachettes, encerclant les membres de la Confrérie. Une confrontation tendue s'ensuivit, les visages de ceux qu'elle avait appris à connaître se révélant sous un jour nouveau.

Étienne, tenant un document, s'adressa aux membres. « Vos jours de terreur sont terminés. Nous avons tout ce qu'il faut pour vous arrêter. »

Alors que la situation semblait sous contrôle, un des membres, visiblement un leader, prit la parole. « Vous pensez vraiment pouvoir nous arrêter ? Vous ne savez rien de nos véritables intentions. »

Alice sentit un frisson de peur. « Quelles sont vos véritables intentions ? »

Le leader sourit sombrement. « La Confrérie n'était que le début. Nous avons des alliés partout, prêts à prendre le relais. Vous ne pouvez pas nous arrêter. »

Alice et ses alliés réalisaient que leur victoire n'était qu'une bataille dans une guerre beaucoup plus vaste. Les mots du leader résonnaient dans son esprit, la laissant avec un sentiment d'incertitude et de danger imminent.

Alice, déterminée mais inquiète, se tourna vers ses alliés. « Nous devons continuer à nous battre. La vérité doit être révélée, et nous ne devons pas abandonner. »

Leurs regards se croisèrent, unis par une détermination commune. Le manoir, symbole de mystères et de secrets, restait le cœur de leur combat, un combat qui ne faisait que commencer.

Chapitre 7 : Le Dîner Fatal

Le manoir de Saint-Jabord se dressait sous un ciel menaçant. La nuit tombait rapidement, enveloppant les lieux d'une obscurité dense, accentuée par la lumière vacillante des chandelles qui éclairaient les fenêtres. À l'intérieur, une tension palpable imprégnait l'air, augmentant le suspense et la peur imminente.

Alice Duval se tenait dans la grande salle à manger, observant attentivement chaque détail. Les murs étaient ornés de tableaux anciens, les visages des ancêtres Legrand semblant surveiller chaque mouvement. Les chandeliers scintillaient, jetant des ombres dansantes sur les murs. La table était somptueusement dressée, ornée de vaisselle en porcelaine et de couverts en argent, un contraste frappant avec l'atmosphère lourde de suspicion.

Alice pensait à ce que la soirée pouvait révéler. Elle espérait que ce dîner permettrait de rassembler des informations cruciales et de dévoiler les véritables intentions des invités. Elle jeta un coup d'œil à Henri, qui ajustait nerveusement son nœud papillon.

— "Tout va bien se passer, Henri. Nous devons rester vigilants et observer attentivement," murmura-t-elle.

Les invités commencèrent à arriver, leurs visages exprimant une gamme d'émotions allant de l'inquiétude à la défiance. Sophie, élégamment vêtue d'une robe noire, saluait chacun avec une politesse distante. Le maire Lambert entra, son visage sérieux, suivi de Marguerite, dont l'air nerveux trahissait sa culpabilité.

Les invités prenaient place autour de la table, échangeant des regards suspicieux. Alice, assise en bout de table, observait les interactions. Elle notait chaque sourire forcé, chaque regard détourné.

— "Marguerite, avez-vous des nouvelles de votre famille ? Ils doivent être inquiets avec tout ce qui se passe," demanda Alice, cherchant à percer la carapace de la femme.

— "Ils vont bien, merci," répondit Marguerite avec un sourire crispé, son regard fuyant celui d'Alice.

Le repas commença, et avec lui, les conversations prirent une tournure de plus en plus tendue. Les discussions banales sur le temps et les affaires locales cachaient mal les sous-entendus et les piques voilées.

— "Alors, monsieur le maire, avez-vous des nouvelles de l'enquête en cours ?" demanda Étienne, l'ombre d'un sourire sur les lèvres.

Le maire Lambert, visiblement mal à l'aise, répondit : "Nous faisons de notre mieux pour découvrir la vérité. Mais il y a encore beaucoup de mystères à résoudre."

Alice sentait que les échanges prenaient une direction dangereuse. Chaque mot était choisi avec soin, chaque phrase dissimulait une intention cachée. Elle devait rester sur ses gardes.

Sophie, assise à côté de Marguerite, tentait de détendre l'atmosphère en parlant de souvenirs d'enfance partagés avec certains des invités. Mais même ces anecdotes innocentes étaient teintées de suspicion.

— "Je me souviens des étés passés ici, avant que tout ne devienne si... compliqué," dit-elle avec nostalgie.

— "Oui, les temps ont bien changé," répondit Marguerite, son regard se durcissant. "Mais certains secrets de famille ne devraient peut-être jamais être déterrés."

Les sous-entendus de Marguerite firent frissonner Sophie. Était-ce une menace déguisée ? Ou simplement une observation amère ?

Le dîner avançait, et avec lui, les tensions augmentaient. Alice observait chaque mouvement, chaque geste. Elle remarqua que le maire Lambert semblait particulièrement nerveux. Quand il se leva pour proposer un toast, sa main tremblait légèrement.

— "À l'avenir de Saint-Jabord," dit-il d'une voix mal assurée.

Soudain, un bruit retentit dans le hall. Tous les regards se tournèrent vers la porte. Henri se précipita pour voir ce qui se passait, revenant quelques instants plus tard, le visage pâle.

— "Il y a quelqu'un dehors. Ils laissent des messages menaçants sur les murs," annonça-t-il.

La panique s'empara des invités. Les murmures anxieux se transformèrent en cris de peur. Alice se leva, tentant de calmer la situation.

— "Calmez-vous, nous allons résoudre ce problème," dit-elle fermement. "Henri, montre-moi ces messages."

Ils se dirigèrent vers l'entrée, où des mots étaient peints en rouge vif sur les murs de pierre : "LES SECRETS SERONT RÉVÉLÉS."

Alice sentit un frisson la parcourir. La menace était claire et directe. Elle devait agir rapidement pour protéger tout le monde.

De retour dans la salle à manger, Alice fit face aux invités. Elle savait que le moment était critique. Les alliances devaient être formées ou brisées.

— "Écoutez-moi bien," commença-t-elle. "Nous sommes tous en danger. La Confrérie est plus puissante que nous le pensions. Nous devons nous unir pour les arrêter."

Le maire Lambert, après un moment de réflexion, hocha la tête. "Vous avez raison. Nous ne pouvons plus nous permettre de nous diviser."

Marguerite, toujours méfiante, ajouta : "Mais comment savoir qui est avec nous et qui est contre nous ?"

Les discussions se poursuivirent tard dans la nuit. Chacun exprimait ses doutes et ses craintes. Alice devait jongler avec les personnalités et les conflits internes pour maintenir une certaine cohésion.

Étienne, qui avait toujours des réserves, demanda : "Alice, comment comptez-vous nous protéger ? Nous ne savons même pas qui est notre ennemi."

Alice, fatiguée mais déterminée, répondit : "Nous devons rester vigilants et partager toute information que nous trouvons. La moindre chose peut nous aider à démanteler la Confrérie."

Au fur et à mesure que la nuit avançait, des secrets longtemps cachés commencèrent à émerger. Henri révéla qu'il avait découvert des lettres anciennes mentionnant des rituels de la Confrérie. Sophie avoua qu'elle avait entendu des chuchotements dans le manoir la nuit.

— "Il y a plus de choses cachées ici que nous ne le pensions," dit-elle en tremblant. "Des passages secrets, des pièces dissimulées."

Alice, intriguée, demanda à voir ces endroits. Ils explorèrent le manoir, découvrant des recoins oubliés et des indices supplémentaires.

Alors qu'ils explorèrent les sous-sols du manoir, une vérité choquante fut révélée. Marguerite, sous la pression, avoua avoir été en contact avec certains membres de la Confrérie.

— "Je n'avais pas le choix," pleura-t-elle. "Ils menaçaient ma famille. J'ai dû leur donner des informations."

Alice, bien que déçue, savait que la confession de Marguerite pourrait être utile. "Nous devons utiliser cela à notre avantage. Peut-être pouvons-nous tendre un piège."

Avec les informations de Marguerite, Alice et ses alliés élaborèrent un plan pour piéger les membres de la Confrérie. Ils décidèrent d'organiser une fausse réunion, espérant attirer les conspirateurs dans une embuscade.

Henri se montra sceptique. "Et si cela ne fonctionne pas ?"

Alice, déterminée, répondit : "Nous devons essayer. C'est notre meilleure chance de les arrêter."

La tension montait alors que la date de la réunion approchait. Les doutes et les peurs ressurgirent parmi les invités. Sophie craignait pour sa sécurité et celle de ses proches. Étienne, toujours méfiant, posait des questions sur chaque détail du plan.

— "Alice, es-tu sûre de cela ?" demanda-t-il. "Nous jouons avec le feu."

Alice, malgré ses propres doutes, tenta de rassurer ses alliés. "Nous n'avons pas le choix. C'est risqué, mais nous devons être courageux."

La nuit de la fausse réunion, le manoir était plongé dans une ambiance encore plus sinistre. Les chandelles étaient allumées, jetant des ombres inquiétantes sur les murs. Alice et ses alliés se cachaient, prêts à intervenir.

Les membres de la Confrérie commencèrent à arriver, leurs silhouettes sombres se détachant dans la pénombre. Alice sentit son cœur battre plus fort à chaque seconde qui passait.

Lorsque le signal fut donné, Alice et ses alliés surgirent de leurs cachettes. Une confrontation tendue s'ensuivit, les visages de ceux qu'elle avait appris à connaître se révélant sous un jour nouveau.

Étienne, brandissant un document, s'adressa aux membres de la Confrérie. "Vos jours de terreur sont terminés. Nous avons tout ce qu'il faut pour vous arrêter."

Le leader de la Confrérie, un sourire sinistre sur les lèvres, répondit : "Vous pensez vraiment pouvoir nous arrêter ? Vous ne savez rien de nos véritables intentions."

Alice et ses alliés réalisaient que leur victoire n'était qu'une bataille dans une guerre beaucoup plus vaste. Les mots du leader résonnaient dans son esprit, la laissant avec un sentiment d'incertitude et de danger imminent.

Alice, déterminée mais inquiète, se tourna vers ses alliés. "Nous devons continuer à nous battre. La vérité doit être révélée, et nous ne devons pas abandonner."

Leurs regards se croisèrent, unis par une détermination commune. Le manoir, symbole de mystères et de secrets, restait le cœur de leur combat, un combat qui ne faisait que commencer.

Chapitre 8 : La Chasse aux Indices

Le lendemain de la confrontation tendue avec les membres de la Confrérie, l'atmosphère du manoir de Saint-Jabord était encore plus lourde de mystères non résolus. Alice Duval savait que chaque moment comptait pour percer les secrets du manoir et découvrir les véritables intentions de la Confrérie.

Alice se réveilla avec un sentiment d'urgence. Le manoir, autrefois majestueux, semblait maintenant être un labyrinthe de secrets. Elle se dirigea vers la fenêtre de sa chambre, observant les vastes jardins où la rosée matinale scintillait sous les premiers rayons du soleil. Les arbres se dressaient comme des sentinelles silencieuses, et le chant des oiseaux contrastait avec la lourdeur de ses pensées.

Henri, toujours fidèle et vigilant, frappa doucement à la porte avant d'entrer. "Alice, il est temps de commencer notre recherche. Chaque minute compte."

Le duo descendit dans la grande salle, où les autres alliés les attendaient. Sophie, Étienne, et Marguerite étaient déjà plongés dans des discussions animées. Chacun avait une tâche spécifique : fouiller les archives, inspecter les pièces secrètes, et interroger les habitants du village.

Alice prit la parole, déterminée : "Nous devons rester concentrés et méthodiques. Chaque indice, aussi insignifiant soit-il, peut nous mener à la vérité."

Étienne hocha la tête, son regard intense : "Je commencerai par la bibliothèque. Il doit y avoir des documents oubliés."

La bibliothèque du manoir était une pièce grandiose, remplie d'étagères de bois sombre recouvertes de livres anciens. L'odeur du papier vieilli emplissait l'air, et la lumière filtrée par les fenêtres créait une ambiance presque sacrée.

Étienne commença à examiner les étagères méthodiquement. Chaque livre, chaque dossier était une pièce potentielle du puzzle. Après des heures de recherche minutieuse, il tomba sur un journal ancien. Les pages jaunies révélaient des notes cryptiques sur des rituels et des réunions secrètes.

— "Alice, regarde ça," dit-il en tendant le journal. "Ça pourrait être crucial."

Pendant ce temps, Henri et Sophie exploraient les recoins du manoir à la recherche de passages secrets. La découverte d'une porte dissimulée derrière une tapisserie dans le salon les mena à un escalier en colimaçon descendant dans les entrailles du manoir.

La pièce souterraine était obscure, éclairée seulement par une vieille lampe à huile. Des symboles étranges étaient gravés sur les murs, et des objets rituels reposaient sur une table en pierre.

— "Ces symboles correspondent à ceux du journal," murmura Henri. "Nous sommes sur la bonne voie."

Alice décida de se rendre dans le village pour interroger les habitants. Elle devait comprendre comment la Confrérie s'était infiltrée dans la communauté. Chaque interaction pouvait révéler des indices.

Elle commença par la boulangerie, où le boulanger, un homme robuste au visage affable, semblait réticent à parler.

— "Je n'ai rien à dire sur ces histoires, inspecteur," dit-il en pétrissant la pâte.

— "Je comprends vos réserves, mais chaque information est cruciale," répondit Alice avec une voix apaisante. "Votre silence pourrait coûter des vies."

Après une longue pause, le boulanger soupira : "Très bien. J'ai entendu des rumeurs sur des réunions nocturnes dans les bois à la périphérie du village. Des gens que je n'avais jamais vus ici avant."

En retournant au manoir, Alice ne pouvait s'empêcher de penser à ses propres motivations. Elle se souvenait des moments passés avec son père, ancien inspecteur, qui lui avait appris l'importance de la justice. Sa mort tragique l'avait marquée profondément, et elle se sentait responsable de continuer son travail.

— "Je te promets, papa, je découvrirai la vérité," murmura-t-elle en regardant une vieille photo de son père dans son portefeuille.

Le retour au manoir fut marqué par des discussions tendues. Marguerite, malgré ses aveux de la veille, semblait toujours réticente à partager tout ce qu'elle savait. Sophie, de son côté, commençait à montrer des signes de stress intense.

— "Je ne peux plus supporter cette pression," avoua Sophie. "Il y a tellement de choses que je ne comprends pas."

Alice tenta de la rassurer : "Nous sommes tous dans le même bateau. Mais nous devons rester unis et forts."

En explorant davantage le manoir, Alice et Henri tombèrent sur une salle oubliée remplie de documents et de cartes anciennes. Une carte en particulier attira leur attention. Elle montrait les environs de Saint-Jabord avec des marques spécifiques sur certains points.

— "Regarde ça," dit Henri, pointant une marque rouge. "C'est exactement l'endroit que le boulanger a mentionné."

Alice sentit une montée d'excitation et de peur. "Nous devons vérifier ça immédiatement."

La nuit tombée, Alice, Henri, et Étienne se rendirent dans les bois. L'atmosphère était oppressante, les ombres des arbres semblant se mouvoir sous la lumière de leurs torches.

En s'approchant du lieu marqué sur la carte, ils entendirent des murmures et virent des lumières vacillantes. La Confrérie tenait une réunion secrète.

— "Nous devons être très prudents," chuchota Alice.

Alors qu'ils observaient en silence, ils entendirent des bribes de conversation révélant des plans inquiétants pour le village. La Confrérie prévoyait une action majeure qui pourrait bouleverser toute la communauté.

Alice prit des photos et des enregistrements. "Nous avons des preuves maintenant," dit-elle avec une détermination féroce. "Nous devons agir vite."

De retour au manoir, Alice réunit tout le monde pour discuter de la prochaine étape. Elle montra les preuves récoltées et expliqua la gravité de la situation.

— "Nous devons avertir les autorités et protéger les habitants de Saint-Jabord," déclara-t-elle.

Le maire Lambert, enfin convaincu de la menace, prit la parole : "Je vais mobiliser la police locale. Nous devons agir ensemble."

Juste au moment où ils pensaient avoir un plan solide, un cri retentit dans le manoir. Sophie était tombée inconsciente, un billet menaçant serré dans sa main.

— "Ils savent que nous sommes sur leur piste," dit Étienne en lisant le billet. "Nous devons être plus prudents que jamais."

Les événements de la nuit précédente avaient ébranlé tout le monde. Les alliances se renforçaient, mais la méfiance persistait. Alice sentait le poids de la responsabilité sur ses épaules.

— "Nous devons rester unis, même si c'est difficile," dit-elle à ses alliés. "La moindre faille pourrait nous coûter cher."

Après une nuit de discussions et de planifications, ils décidèrent de tendre un piège à la Confrérie. Ils utiliseraient les informations récoltées pour attirer les membres dans un lieu isolé, où ils pourraient les arrêter sans risque pour les habitants.

Henri, sceptique, demanda : "Et si quelque chose tourne mal ?"

Alice, déterminée, répondit : "Nous devons prendre ce risque. C'est notre meilleure chance."

Alors qu'ils se préparaient à mettre leur plan à exécution, un coup de téléphone interrompit Alice. La voix à l'autre bout du fil était froide et menaçante.

— "Vous pensez vraiment pouvoir nous arrêter ? Vous ne savez rien de ce qui vous attend."

Alice sentit un frisson la parcourir. Le danger était plus proche et plus réel qu'elle ne l'avait imaginé. Elle raccrocha, son regard déterminé mais inquiet.

— "Nous devons agir maintenant," dit-elle à ses alliés. "Le temps presse."

Les préparatifs s'intensifièrent, chacun sachant que la moindre erreur pourrait être fatale. Le manoir, symbole de mystères et de dangers, devenait le théâtre d'une confrontation décisive.

Chapitre 9 : Les Secrets de Saint-Jabord

Alice Duval se réveilla avant l'aube, troublée par les événements de la veille. Elle se leva et regarda par la fenêtre de sa chambre, observant le petit village de Saint-Jabord encore enveloppé dans l'obscurité. Les maisons aux toits de tuiles rouges, alignées de manière pittoresque, étaient éparpillées le long des ruelles sinueuses, et le clocher de l'église se dressait fièrement contre le ciel rosissant.

Les premières lueurs du jour commençaient à percer l'horizon, inondant le village d'une lumière douce et dorée. Les champs environnants, où les agriculteurs travaillaient dès les premières heures du matin, étaient recouverts d'une fine couche de brume. Alice prit une profonde inspiration, déterminée à dévoiler les secrets que cachait ce lieu paisible en apparence.

Pour mieux comprendre les habitants de Saint-Jabord, Alice décida de se rendre au marché local. Les étals étaient remplis de produits frais, des légumes colorés aux fromages locaux, en passant par les pains croustillants. L'air était empli des rires et des conversations animées des villageois.

Alice s'approcha de l'étal de la fromagerie, où la propriétaire, Mme Lefèvre, accueillait chaleureusement les clients. Elle engagea la conversation, espérant en apprendre davantage sur les dynamiques sociales du village.

— "Bonjour, inspecteur Duval," salua Mme Lefèvre avec un sourire. "Vous êtes bien matinale aujourd'hui. Un peu de fromage pour commencer la journée ?"

Alice sourit en retour, prenant un morceau de fromage offert. "Merci, Mme Lefèvre. Vous savez, je m'efforce de comprendre mieux ce village et ses habitants. Vous connaissez tout le monde ici, n'est-ce pas ?"

Mme Lefèvre hocha la tête, ses yeux pétillant de malice. "Oh, je dirais que oui. Ce village n'a pas beaucoup changé au fil des années. On peut presque tout savoir sur tout le monde si on sait où chercher."

Alice s'approcha un peu plus, comme pour partager un secret. "Et que pensez-vous de ce qui se passe récemment ? Les événements au manoir, la Confrérie... ça doit être inquiétant."

Mme Lefèvre baissa la voix, jetant un regard furtif autour d'elle avant de répondre. "Les vieilles familles du village ont toujours eu leurs secrets. Certaines rumeurs parlent de réunions nocturnes, de rites anciens... mais qui peut vraiment dire ce qui est vrai ?"

Après avoir quitté le marché, Alice se dirigea vers le café de la place, un endroit convivial où les habitants se retrouvaient pour discuter des nouvelles du jour. À l'intérieur, elle retrouva Henri, déjà installé avec une tasse de café devant lui.

— "Bonjour, Henri," dit-elle en s'asseyant en face de lui. "Des nouvelles intéressantes ce matin ?"

Henri hocha la tête. "J'ai parlé à quelques personnes, et il semble que beaucoup soupçonnent que la Confrérie a des racines plus profondes dans le village qu'on ne le pensait. Certains parlent même d'alliances secrètes avec des familles influentes."

Alice fronça les sourcils. "Il est crucial de comprendre ces liens. Peut-être devrions-nous explorer les archives municipales, voir s'il y a des mentions de ces alliances."

Henri acquiesça, son regard sérieux. "Je pense que c'est une bonne idée. Mais il faut faire attention. Si la Confrérie a des alliés ici, ils nous surveillent sûrement."

Les archives municipales étaient situées dans un bâtiment ancien, dont les murs de pierre exhalaient une histoire séculaire. Alice et Henri fouillèrent des dossiers poussiéreux et des registres jaunis par le temps, espérant trouver des indices sur les racines de la Confrérie à Saint-Jabord.

— "Regarde ça," murmura Henri, tendant un vieux registre à Alice. "Des réunions secrètes tenues par certaines familles influentes, datant de plus d'un siècle. Les noms mentionnés ici sont les mêmes que ceux que nous avons rencontrés au manoir."

Alice parcourut les pages, son cœur battant plus vite. "Cela confirme nos soupçons. La Confrérie a des liens profonds et anciens avec ce village. Nous devons découvrir à quoi servent ces réunions et ce qu'ils prévoient."

De retour au manoir, Alice et Henri réunirent leurs alliés pour discuter de leurs découvertes. Sophie, Étienne, et Marguerite écoutaient attentivement, chacun manifestant des réactions différentes aux révélations.

— "Ça explique pourquoi tout le monde semble si réticent à parler," dit Sophie, son visage pâle. "Ils ont peur des répercussions."

Étienne, toujours pragmatique, posa une question importante. "Mais comment pouvons-nous utiliser cette information pour avancer ? Nous devons trouver un moyen de les confronter sans mettre en danger les habitants."

Marguerite, plus réservée, ajouta doucement : "Il pourrait être utile de gagner la confiance de certaines de ces familles. Si nous pouvons obtenir leur aide, cela pourrait renverser la situation."

Parallèlement à leur enquête principale, des sous-intrigues complexes commençaient à se développer. Sophie, en proie à des tensions personnelles, révélait de plus en plus ses inquiétudes à Alice.

— "Je ne sais plus en qui avoir confiance," avoua Sophie lors d'une discussion en tête-à-tête. "Même parmi nous, je sens des tensions et des secrets non dévoilés."

Alice tenta de la rassurer. "Nous devons rester unis, Sophie. Les secrets finiront par éclater, et nous serons plus forts si nous nous soutenons mutuellement."

Pendant ce temps, Étienne découvrit des indices troublants sur Marguerite, suggérant qu'elle pourrait avoir des liens plus étroits avec la Confrérie qu'elle ne le laissait entendre. Cette suspicion commença à créer des frictions au sein du groupe.

Pour obtenir des réponses concrètes, Alice décida de confronter directement l'un des suspects clés, M. Fournier, un homme d'affaires influent du village, soupçonné d'être un membre actif de la Confrérie.

— "M. Fournier, nous savons que vous avez des liens avec la Confrérie," commença Alice d'un ton ferme lors de l'interrogatoire. "Pourquoi ne pas nous dire la vérité et éviter des complications inutiles ?"

Fournier, un homme à l'apparence impeccable, esquiva habilement. "Inspecteur Duval, vous ne comprenez pas. La Confrérie est bien plus complexe que ce que vous imaginez. Nous ne faisons que protéger les traditions du village."

— "Protéger ou contrôler ?" répliqua Alice. "Les secrets de la Confrérie ont déjà coûté des vies. Combien de temps encore comptez-vous jouer ce jeu dangereux ?"

Fournier resta silencieux, mais un éclat de peur traversa ses yeux. Alice savait qu'elle avait touché un point sensible.

Pour approfondir leur enquête, Alice et Henri furent invités à dîner chez les Lambert, la famille du maire. Le dîner, apparemment convivial, se déroulait dans une ambiance feutrée et élégante. Cependant, sous la surface, des tensions palpables étaient perceptibles.

— "Alors, inspecteur, avez-vous fait des progrès dans votre enquête ?" demanda le maire Lambert en servant du vin.

Alice choisit ses mots avec soin. "Nous avançons. Chaque jour nous rapproche un peu plus de la vérité. Il est crucial de comprendre le rôle de chaque famille dans cette affaire."

Mme Lambert, une femme au regard perçant, intervint. "Certaines choses sont mieux laissées dans l'ombre, inspecteur. Pour le bien de tous."

Henri, sentant la tension monter, changea habilement de sujet. "Ce vin est excellent, M. Lambert. Une production locale ?"

Le dîner se termina sur une note tendue, laissant Alice et Henri avec plus de questions que de réponses.

En retournant au manoir, Alice reçut un appel anonyme. La voix, froide et distante, donna une information cruciale : "Venez seul à l'église abandonnée ce soir. Vous trouverez des réponses que vous cherchez."

Alice, malgré les risques, décida de suivre cette piste. Henri insista pour l'accompagner, mais elle refusa. "C'est trop dangereux, Henri. Si quelque chose m'arrive, vous devez continuer l'enquête."

La nuit tombée, Alice se dirigea vers l'église abandonnée, ses pas résonnant dans le silence oppressant. À l'intérieur, une silhouette sombre l'attendait. La lumière vacillante de sa lampe de poche révéla un visage familier.

— "Vous ?" s'exclama Alice, stupéfaite. "Qu'est-ce que vous faites ici ?"

La silhouette sourit, dévoilant un secret qui changeait toute la donne. "Vous êtes plus proche de la vérité que vous ne le pensez, Alice. Mais la vérité a un prix."

La rencontre à l'église abandonnée était plus révélatrice que ce qu'Alice avait imaginé. La silhouette, qui s'avéra être l'un des membres supposés de la Confrérie, livra des informations cruciales.

— "Nous ne sommes pas ceux que vous croyez," dit-il, les yeux brillant d'une sincérité troublante. "La Confrérie a été fondée pour protéger un secret ancien, un secret qui pourrait détruire le village si révélé."

Alice sentit un mélange de confusion et de détermination. "Quel est ce secret ? Pourquoi tant de mystères et de morts ?"

— "Les familles fondatrices ont caché quelque chose de précieux, et nous ne faisons que protéger leur héritage. Mais il y a des factions au sein de la Confrérie, des factions prêtes à tout pour obtenir ce pouvoir."

Alice prit une profonde inspiration, comprenant que l'enjeu était bien plus grand qu'elle ne l'avait imaginé. "Je dois savoir la vérité, toute la vérité."

De retour au manoir, Alice partagea ses découvertes avec Henri et les autres. Le poids des révélations planait lourdement sur le groupe. Les alliances fragiles se renforçaient face à l'ennemi commun, mais les tensions internes étaient palpables.

— "Nous devons agir vite," déclara Alice, déterminée. "Les factions au sein de la Confrérie pourraient devenir violentes à tout moment. Nous devons empêcher un désastre."

Sophie, toujours en proie à ses propres démons, trouva du réconfort dans la solidarité du groupe. "Nous sommes tous dans ce bateau, Alice. Nous ne laisserons pas ce village sombrer dans le chaos."

Avec des informations nouvelles et des alliés plus déterminés que jamais, Alice et Henri commencèrent à relier les points. Les indices les menaient à une conclusion inévitable : le cœur du mystère résidait dans les fondations mêmes du village, peut-être même sous le manoir.

Ils fouillèrent chaque recoin, chaque pièce poussiéreuse, cherchant le secret que la Confrérie avait caché depuis des générations. Les pièces du puzzle s'assemblaient lentement, révélant une conspiration plus vaste et plus ancienne qu'ils ne l'avaient imaginé.

Finalement, dans une pièce oubliée sous le manoir, Alice et Henri découvrirent un coffre ancien, scellé et orné de symboles étranges. En l'ouvrant, ils révélèrent des documents et des artefacts datant de plusieurs siècles.

— "C'est incroyable," murmura Henri, feuilletant les documents. "Ces artefacts sont la clé de tout. Ils révèlent non seulement le secret de la Confrérie mais aussi des informations qui pourraient bouleverser l'histoire de Saint-Jabord."

Alice hocha la tête, sentant le poids de la découverte. "Nous devons être prudents. Ce que nous avons trouvé pourrait soit sauver, soit détruire le village."

Avec les preuves en main, Alice et ses alliés décidèrent de confronter les membres de la Confrérie. Une réunion secrète fut organisée, où chaque membre devait expliquer son rôle et ses intentions.

— "Il est temps que la vérité soit révélée," déclara Alice, posant les documents sur la table. "Nous savons ce que vous cachez, et nous ne permettrons plus que cela cause des souffrances."

Les membres de la Confrérie, démasqués, tentèrent de se défendre. Des révélations choquantes émergèrent, exposant les luttes internes et les véritables motivations de chacun. Certains cherchaient le pouvoir, d 'autres voulaient simplement protéger les traditions et le patrimoine du village. Les échanges étaient houleux, chaque camp tentant de justifier ses actions.

Après la confrontation, Alice et Henri savaient que leur travail n'était pas terminé, mais une paix fragile avait été instaurée. La vérité révélée avait ouvert des plaies, mais elle offrait aussi une chance de guérison et de réconciliation pour Saint-Jabord.

— "Nous avons fait notre part," dit Henri en regardant le village depuis le manoir. "Le reste dépend d'eux maintenant."

Alice acquiesça, un sourire fatigué sur les lèvres. "Oui, mais nous serons toujours là pour les aider s'ils en ont besoin."

Alors qu'ils quittaient Saint-Jabord, Alice sentit une certaine satisfaction. Ils avaient dévoilé les secrets enfouis, et bien que le chemin à venir soit encore incertain, ils avaient donné au village une chance de se reconstruire sur des bases de vérité et de justice.

Ainsi, l'histoire de Saint-Jabord, de ses secrets et de ses luttes, prenait une nouvelle direction.

Chapitre 10 : Les Ombres de la Conspiration

Le village de Saint-Jabord se réveillait doucement sous un épais brouillard, enveloppant chaque maison, chaque arbre d'un manteau de mystère. Les rues pavées étaient humides et glissantes, rendant chaque pas précautionneux. L'inspecteur Alice Duval, emmitouflée dans son manteau, marchait rapidement vers le manoir des Martineau, sa tête pleine de pensées contradictoires.

Alice réfléchissait aux événements récents, son esprit travaillant sans relâche pour assembler les pièces du puzzle complexe qui se formait. Elle repensait aux témoignages des villageois, aux découvertes faites dans les archives poussiéreuses du manoir, et à cette mystérieuse Confrérie qui semblait tirer les ficelles dans l'ombre.

Alice arriva au manoir où Henri et Sophie l'attendaient dans la bibliothèque. Les murs étaient tapissés de livres anciens, et une douce odeur de bois et de papier flottait dans l'air. La lumière du matin filtrait à travers les vitraux, projetant des ombres colorées sur le parquet.

— "Bonjour, Alice," dit Henri en se levant pour l'accueillir. "As-tu trouvé quelque chose de nouveau ?"

Alice hocha la tête. "Oui, mais plus je creuse, plus les questions se multiplient. Il semble que la Confrérie soit plus ancienne et plus influente que nous ne le pensions."

Sophie, assise près de la cheminée, écoutait attentivement. "Tu penses qu'ils sont responsables des événements récents ?"

— "Il y a de fortes chances," répondit Alice. "Mais il nous manque encore des éléments pour le prouver."

Pour avancer dans l'enquête, Alice avait besoin de nouvelles perspectives. Elle décida de rendre visite à Antoine Lefèvre, un vieil habitant du village connu pour sa mémoire exceptionnelle et ses connaissances sur l'histoire locale. La maison d'Antoine était modeste, mais remplie de souvenirs et de photographies anciennes.

— "Inspecteur Duval, entrez, entrez," dit Antoine en ouvrant la porte. "Je suppose que vous êtes ici pour parler de la Confrérie."

Alice sourit. "Vous lisez dans mes pensées, Antoine. Pouvez-vous me raconter ce que vous savez sur eux ?"

Antoine s'assit dans son fauteuil en cuir usé et soupira. "La Confrérie de Saint-Jabord existe depuis des siècles. À l'origine, elle était composée des familles les plus influentes du village. Leur but officiel était de protéger le patrimoine et les traditions, mais ils ont toujours eu un goût pour les secrets et les manipulations."

Alice prit des notes, attentive à chaque mot. "Et ces dernières années ?"

— "Ils sont devenus plus discrets, mais leur influence est toujours présente. Vous devez être prudente, inspecteur. Certaines personnes sont prêtes à tout pour garder leurs secrets intacts."

De retour au manoir, Sophie exprimait ses inquiétudes à Henri. "Penses-tu qu'il soit prudent de continuer à fouiller dans le passé de la Confrérie ? Nous ne savons pas jusqu'où ils sont prêts à aller."

Henri, les yeux rivés sur une vieille carte de Saint-Jabord, répondit doucement. "Nous devons aller jusqu'au bout, Sophie. C'est notre seul moyen de découvrir la vérité et de protéger le village."

— "Mais à quel prix ?" demanda Sophie, sa voix tremblante.

Henri se tourna vers elle, posant une main rassurante sur son épaule. "Nous devons avoir foi en Alice. Elle saura quoi faire."

Alice, après avoir écouté le témoignage d'Antoine, décida d'explorer un vieux tunnel sous le manoir, mentionné dans les archives. Accompagnée de Henri, elle descendit les escaliers en pierre, éclairée seulement par la faible lueur de sa lampe torche.

Les murs du tunnel étaient humides et couverts de mousse. Après quelques minutes de marche, ils tombèrent sur une porte en bois massif, renforcée par des barres de métal.

— "C'est ici," murmura Henri. "D'après les plans, cette porte mène à une ancienne chambre forte."

Alice poussa la porte avec effort, révélant une pièce cachée remplie de coffres et de documents anciens. Elle feuilleta rapidement quelques pages, ses yeux s'agrandissant à mesure qu'elle comprenait l'ampleur des secrets enfouis.

— "Henri, regarde ça," dit-elle, montrant un document. "C'est un registre des membres de la Confrérie et de leurs activités illégales."

Henri prit le document, stupéfait. "Avec ça, nous pouvons les exposer."

Alors qu'Alice et Henri sortaient du tunnel, ils furent surpris par la présence d'un homme dans le hall du manoir. Il s'agissait de Julien Marceau, un journaliste d'investigation réputé pour ses enquêtes sur les sociétés secrètes.

— "Julien, que faites-vous ici ?" demanda Alice, méfiante.

Julien sourit. "J'ai entendu parler de votre enquête. J'ai mes propres raisons de vouloir démasquer la Confrérie. Si vous acceptez mon aide, nous pourrions réussir plus vite."

Henri se tourna vers Alice. "Que décides-tu ?"

Après une brève réflexion, Alice hocha la tête. "Nous avons besoin de toute l'aide possible. Bienvenue à bord, Julien."

Les nouvelles découvertes firent rapidement le tour du village. Les habitants, longtemps dans l'ignorance, commencèrent à murmurer, certains avec peur, d'autres avec espoir.

Marie, la boulangère, exprima ses préoccupations à Alice. "Vous pensez vraiment pouvoir faire tomber la Confrérie ?"

Alice, déterminée, répondit : "Nous devons essayer. Pour le bien de tous."

Pierre, le forgeron, offrit son soutien. "Si vous avez besoin de quoi que ce soit, je suis là. Nous ne pouvons plus vivre dans l'ombre."

Alice, accompagnée de Julien, décida de confronter un suspect clé : Lucien Moreau, un riche industriel soupçonné d'être un membre influent de la Confrérie.

Ils le rencontrèrent dans son bureau luxueux, décoré de tableaux anciens et de meubles en bois massif. Lucien, d'une cinquantaine d'années, les accueillit avec un sourire froid.

— "Inspecteur Duval, que puis-je faire pour vous ?"

Alice, sans détour, posa les documents sur le bureau. "Nous savons que vous êtes impliqué dans la Confrérie. Nous avons des preuves de vos activités illégales."

Lucien, impassible, répondit calmement. "Vous pensez pouvoir m'intimider avec ces vieux papiers ? Vous n'avez aucune idée de ce dont vous parlez."

Julien intervint. "Nous savons plus que vous ne le pensez. Il est temps que la vérité éclate."

Lucien se leva, son regard devenant plus menaçant. "Vous jouez avec le feu. Faites attention à ne pas vous brûler."

De retour au manoir, Alice, Henri et Julien élaborèrent un plan pour exposer publiquement la Confrérie. Ils décidèrent de publier les documents dans les médias locaux et de convoquer une réunion d'urgence avec les autorités.

— "Il faut agir vite," dit Julien. "Une fois que les informations seront publiques, ils ne pourront plus rien cacher."

Henri approuva. "Nous devons également protéger les témoins. Ils pourraient être en danger."

La réunion avec les autorités locales se déroula dans la grande salle du manoir. Les habitants, anxieux, attendaient de connaître la vérité. Alice présenta les preuves devant le maire et les notables du village.

— "Ce que vous allez voir est choquant," commença-t-elle. "Mais c'est la vérité que Saint-Jabord mérite de connaître."

Les documents furent projetés sur un écran, révélant les noms et les actions de la Confrérie. Les réactions furent variées : choc, colère, incrédulité.

Marie, la boulangère, se leva. "Nous devons agir. Ces gens ne peuvent plus nous contrôler."

Pierre, le forgeron, ajouta. "Nous devons protéger notre village. Ensemble, nous sommes plus forts."

Alors que la réunion touchait à sa fin, un groupe d'hommes en noir fit irruption dans la salle. C'était la Confrérie, décidée à empêcher la divulgation de leurs secrets.

— "Vous avez été trop loin, inspecteur," dit Lucien, en tête du groupe. "Nous ne permettrons pas que nos secrets soient révélés."

Un silence tendu s'installa. Alice, courageuse, fit face à Lucien. "Vous ne pouvez plus nous intimider. Le village sait la vérité maintenant."

Henri et Julien se placèrent à ses côtés, prêts à défendre leur cause.

Ce fut un moment de chaos, les habitants se mobilisèrent pour défendre leur village contre la Confrérie. La salle devint un champ de bataille, chaque camp luttant pour la vérité ou pour le silence.

Les émotions étaient à leur comble : peur, colère, détermination. Alice, au cœur de la mêlée, sentit un regain de force en voyant le courage des habitants.

— "Pour Saint-Jabord !" cria-t-elle, galvanisant les villageois.

Après un combat acharné, la Confrérie fut repoussée. Les autorités, convaincues par les preuves et la détermination des habitants, décidèrent de mener une enquête officielle.

Lucien et ses acolytes furent arrêtés, mettant fin à des décennies de manipulation et de contrôle. Les habitants, bien que blessés et fatigués, se sentirent enfin libres.

Avec la Confrérie démantelée, le village entreprit un processus de guérison. Les anciens secrets révélés, il était temps de construire un futur basé sur la transparence et la solidarité.

Alice, Henri et Julien restèrent quelques jours de plus pour aider à la transition. Le manoir, autrefois symbole de mystère, devint un lieu de réunion et de fête.

Alors qu'Alice se préparait à quitter Saint-Jabord, elle regarda une dernière fois le village, maintenant baigné dans une lumière nouvelle. Les habitants, unis, travaillaient ensemble pour reconstruire leur communauté.

— "Nous avons fait ce qu'il fallait," dit-elle à Henri.

— "Oui, et nous avons donné à Saint-Jabord un nouvel espoir," répondit-il.

Avec un sourire, Alice monta dans sa voiture, prête pour sa prochaine enquête, mais gardant un souvenir chaleureux de ce village et de ses habitants courageux.

Chapitre 11 : Le Piège se Referme

L'aube se levait sur Saint-Jabord, enveloppant le village d'une lueur douce et dorée. Les premières lueurs du jour éclairaient les toits des maisons, encore humides de la rosée matinale. L'inspecteur Alice Duval était déjà debout, le regard fixé sur la fenêtre de sa chambre d'hôtel, plongée dans ses pensées. Elle savait que la journée qui s'annonçait serait décisive.

Dans le hall de l'hôtel, Alice retrouva Henri et Julien, qui discutaient déjà des derniers détails de leur plan. Les trois complices partageaient un même sentiment d'appréhension et d'excitation.

— "Alice, es-tu prête ?" demanda Henri, son regard exprimant à la fois confiance et inquiétude.

Alice hocha la tête. "Nous n'avons pas le choix. Il est temps de mettre fin à tout cela."

Le village de Saint-Jabord commençait à s'animer. Les habitants, au courant des derniers développements, échangeaient des regards inquiets et des murmures. La tension était palpable dans l'air.

Marie, la boulangère, ouvrit sa boutique plus tôt que d'habitude. Ses gestes étaient précipités, mais elle tentait de garder une apparence calme pour ne pas inquiéter ses clients. Pierre, le forgeron, passa la voir.

— "Marie, tu crois qu'ils vont vraiment réussir ?" demanda-t-il, la voix grave.

Marie répondit avec une détermination visible. "Ils doivent. Pour le bien de nous tous."

Dans une petite maison en bordure du village, Alice et son équipe avaient convoqué une réunion secrète avec les alliés qu'ils avaient rassemblés. Parmi eux se trouvaient des membres influents du village, décidés à mettre fin à la conspiration.

Alice prit la parole. "Nous savons que la Confrérie va tenter quelque chose aujourd'hui. Nous devons rester unis et prêts à réagir rapidement. Chacun de vous a un rôle crucial à jouer."

Julien ajouta, montrant un plan du village. "Nous avons identifié les points stratégiques. Voici comment nous allons procéder..."

Alors que le soleil atteignait son zénith, le plan d'Alice entrait en action. Les alliés prirent position, prêts à intervenir au moindre signe de trouble. Alice, Henri et Julien se dirigèrent vers le manoir des Martineau, centre névralgique de l'opération.

La tension était palpable alors qu'ils pénétraient dans le manoir. Les pièces étaient éclairées par une lumière tamisée, créant une atmosphère lourde de suspense. Alice sentit son cœur battre plus vite, consciente que chaque pas les rapprochait du dénouement.

Dans la grande salle du manoir, Lucien Moreau et les autres membres de la Confrérie les attendaient. Leurs visages étaient fermés, leurs regards froids.

— "Inspecteur Duval," dit Lucien avec un sourire narquois. "Je me demandais quand vous alliez vous montrer."

Alice, sans se laisser intimider, répliqua. "Nous savons tout, Lucien. La Confrérie est terminée."

Lucien éclata de rire. "Vous pensez que quelques papiers suffiront à nous arrêter ? Vous êtes plus naïve que je ne le pensais."

Henri prit la parole. "Nous avons les preuves, et le village est avec nous. Vous ne pouvez plus vous cacher."

Lucien se leva, faisant signe à ses acolytes. "Dans ce cas, il est temps de passer aux choses sérieuses."

Au signal de Lucien, ses hommes tentèrent de s'emparer d'Alice et de son équipe. Mais les alliés, postés à l'extérieur, intervinrent rapidement. Une lutte acharnée s'engagea, les coups résonnant dans le manoir.

Alice se retrouva face à face avec Lucien. Leurs regards se croisèrent, chargés de haine et de défi.

— "C'est fini, Lucien," dit-elle, sa voix ferme.

Lucien tenta de fuir, mais Henri l'attrapa. "Vous ne pouvez pas échapper à la justice."

Avec l'aide des autorités locales, appelées en renfort par Julien, les membres de la Confrérie furent arrêtés un à un. La lutte fut brève mais intense, et bientôt, le manoir retrouva son calme.

Alors que les membres de la Confrérie étaient emmenés par la police, Alice découvrit un carnet de notes sur le bureau de Lucien. En le feuilletant, elle réalisa l'ampleur des manipulations et des crimes orchestrés par la Confrérie.

— "Regarde ça, Henri," dit-elle en montrant le carnet. "Ils ont manipulé les élections locales, détourné des fonds publics, et même orchestré des disparitions."

Henri, stupéfait, murmura. "Nous devons faire en sorte que tout cela soit révélé. Le village a le droit de savoir."

De retour au centre du village, Alice et son équipe furent accueillis par une foule anxieuse. Les visages étaient marqués par l'attente et l'incertitude.

Marie, la boulangère, s'approcha d'Alice. "Alors, avez-vous réussi ?"

Alice hocha la tête. "Oui, la Confrérie est démantelée. Nous avons les preuves de leurs crimes."

Un murmure de soulagement parcourut la foule. Pierre, le forgeron, leva le poing. "Saint-Jabord est libre !"

Avec la Confrérie neutralisée, le village entreprit une nouvelle phase de reconstruction, non seulement physique, mais aussi morale. Les habitants, autrefois divisés par la peur et la suspicion, commencèrent à travailler ensemble, renforcés par leur nouvelle union.

Alice, Henri et Julien se réunirent une dernière fois au manoir pour discuter des prochains steps.

— "Nous devons nous assurer que tous les membres de la Confrérie soient jugés," dit Julien. "Et que les victimes obtiennent justice."

Henri acquiesça. "Nous devons aussi aider le village à se reconstruire. Ils auront besoin de soutien."

Alice, pensant à l'avenir, conclut. "Nous avons fait un grand pas aujourd'hui, mais le chemin est encore long. Nous devons rester vigilants."

Alors qu'Alice s'apprêtait à quitter Saint-Jabord, un dernier rebondissement vint troubler ses plans. Elle reçut une lettre anonyme, glissée sous la porte de sa chambre d'hôtel. L'enveloppe contenait une clé et une note mystérieuse : "Pour comprendre la vérité ultime, utilisez cette clé."

Intriguée, Alice examina la clé. Elle savait que la Confrérie avait encore des secrets enfouis, et cette clé pouvait bien être la dernière pièce du puzzle.

— "Je vais devoir rester un peu plus longtemps," dit-elle à Henri et Julien, leur montrant la clé.

Julien sourit. "L'aventure continue alors."

Avec l'aide de ses alliés, Alice entreprit de découvrir la serrure correspondante à la clé. Après plusieurs heures de recherches, ils trouvèrent une porte secrète dans les profondeurs du manoir. La clé s'inséra parfaitement dans la serrure.

La porte s'ouvrit sur une pièce cachée, remplie de documents et d'artefacts anciens. Au centre de la pièce, un coffre en bois massif attirait leur attention. En l'ouvrant, ils découvrirent des preuves irréfutables des crimes de la Confrérie, mais aussi des indices sur une organisation encore plus vaste et plus sinistre.

— "Ce n'est pas terminé," murmura Alice. "Nous avons démasqué la Confrérie de Saint-Jabord, mais il semble qu'il y ait une autre menace à affronter."

Henri, regardant les documents avec horreur, ajouta. "Nous devons continuer à nous battre. Pour le bien de tous."

Le soir venu, Alice se promena dans les rues de Saint-Jabord, réfléchissant à tout ce qui s'était passé. Le village était calme, mais elle savait que la paix retrouvée était fragile.

Elle s'arrêta devant l'église, où les cloches sonnaient doucement. Les habitants, réunis pour une veillée de célébration, la regardèrent avec gratitude et respect.

— "Merci, inspecteur Duval," dit Marie en lui tendant une bougie. "Vous nous avez libérés."

Alice accepta la bougie, émue. "Je n'ai fait que mon devoir. La vraie force vient de vous, les habitants de Saint-Jabord."

Le lendemain matin, Alice, Henri et Julien se préparèrent à quitter Saint-Jabord. Les habitants vinrent les saluer, reconnaissants pour leur courage et leur détermination.

— "Vous serez toujours les bienvenus ici," dit Pierre, le forgeron, en leur serrant la main.

Alice sourit. "Merci, Pierre. Nous reviendrons certainement."

Alors qu'ils quittaient le village, Alice sentit une nouvelle détermination naître en elle. Ils avaient accompli beaucoup, mais il restait encore tant à faire. La clé qu'elle gardait précieusement était un rappel constant que la vérité devait être révélée, peu importe les obstacles.

— "Nous avons un nouveau mystère à résoudre," dit-elle à ses compagnons. "Et je suis prête à relever le défi."

Henri et Julien acquiescèrent, prêts à suivre Alice dans cette nouvelle aventure.

La voiture s'éloigna de Saint-Jabord, emportant avec elle les souvenirs d'un village autrefois pris au piège de la conspiration. Mais désormais, ce village se relevait, uni et déterminé.

Alice, regardant par la fenêtre, se promit de continuer à lutter pour la justice. Chaque enquête, chaque mystère résolu, était une victoire contre les ténèbres. Et avec ses amis à ses côtés, elle savait qu'elle ne serait jamais seule dans cette bataille.

Le piège s'était refermé sur la Confrérie, mais pour Alice Duval, une nouvelle histoire venait de commencer.

Chapitre 12 : La Nuit de la Révélation

Le crépuscule descendait sur Saint-Jabord, baignant le village d'une lumière dorée, contrastant avec l'atmosphère lourde de tension. L'inspecteur Alice Duval se tenait au bord du lac, le regard perdu dans les reflets scintillants de l'eau. Elle sentait le poids des événements récents et savait que la nuit à venir serait décisive.

Alice se remémora les derniers jours : les révélations sur la Confrérie, les arrestations, et cette mystérieuse clé qui promettait de lever le voile sur les derniers secrets du manoir. Ses pensées furent interrompues par Henri et Julien qui la rejoignirent.

— "Alice, es-tu prête pour ce soir ?" demanda Henri, son visage trahissant une légère inquiétude.

— "Oui," répondit-elle, déterminée. "Nous devons aller jusqu'au bout."

Le village se préparait pour une veillée spéciale. Les habitants se réunissaient dans la place centrale, autour de feux de camp et de lanternes, prêts à entendre les nouvelles révélations. Marie, la boulangère, distribuait des gâteaux et du pain frais, ses gestes calmes mais son regard préoccupé.

Pierre, le forgeron, s'adressa à un groupe de jeunes. "Ce soir, nous devons rester vigilants. La vérité est proche, mais nous devons être prêts à tout."

De retour dans sa chambre d'hôtel, Alice se préparait pour la nuit. Elle feuilletait une dernière fois les notes trouvées dans le manoir, cherchant des indices supplémentaires. Ses pensées étaient tourmentées par le doute et l'incertitude.

Elle se demanda si elle avait pris les bonnes décisions, si elle avait bien interprété les indices. Les visages des victimes et des innocents croisés durant l'enquête la hantaient. Elle se rappela des mots de sa mère : "Ne laisse jamais le doute t'envahir, Alice. Il est ton pire ennemi."

Henri et Julien, après avoir vérifié leurs équipements, se rendirent à leurs postes. Henri, avec sa perspicacité et son calme habituel, s'assura que toutes les sorties du manoir étaient surveillées. Julien, toujours enthousiaste mais sérieux, prit position près de l'entrée principale.

— "Nous devons rester en contact constant," dit Henri en ajustant son talkie-walkie. "Si quelque chose tourne mal, nous devons réagir immédiatement."

Julien acquiesça. "Ne t'inquiète pas, Henri. Nous avons préparé cela minutieusement."

Les premiers indices de la nuit commencèrent à se dévoiler. Une silhouette mystérieuse fut aperçue près du manoir. Alice, avertie par Henri, décida d'aller enquêter elle-même. Elle se glissa discrètement dans l'ombre des grands arbres, observant la figure se déplacer furtivement.

La silhouette s'arrêta devant une petite porte dérobée, presque invisible parmi les buissons. Alice, retenant son souffle, observa l'individu utiliser une clé pour entrer. Cette clé, identique à celle qu'Alice avait trouvée, confirma ses soupçons.

En suivant discrètement la silhouette, Alice pénétra dans une pièce cachée du manoir. Les murs étaient recouverts de documents anciens et d'objets étranges. La lumière vacillante d'une vieille lampe à huile donnait à la scène une aura presque surnaturelle.

Alice se rapprocha, écoutant attentivement. La silhouette, un homme d'âge moyen aux traits sévères, parlait seul, murmurant des phrases incompréhensibles. Alice, le cœur battant, tendit l'oreille.

— "Nous devons finir ce que nous avons commencé. La Confrérie ne doit pas disparaître."

Alice recula lentement, décidée à informer Henri et Julien de cette découverte. Elle savait qu'ils devaient agir rapidement.

De retour à leur point de rendez-vous, Alice retrouva Henri et Julien, partageant avec eux les informations cruciales qu'elle avait découvertes.

— "Nous devons l'arrêter maintenant," dit Alice, déterminée. "Il a des plans pour reconstruire la Confrérie."

Henri acquiesça. "Nous devons le prendre en flagrant délit. C'est notre meilleure chance."

Julien, toujours optimiste, ajouta. "Nous avons l'avantage de la surprise. Utilisons-le."

Ils retournèrent au manoir, s'infiltrant discrètement dans les couloirs sombres. Chaque pas résonnait dans le silence oppressant de la nuit. Arrivés à la pièce cachée, ils trouvèrent l'homme en train de manipuler des documents importants.

— "Arrêtez ! Police !" cria Alice, pointant son arme.

L'homme se retourna, le visage tordu par la rage et la surprise. Il tenta de fuir, mais Henri et Julien bloquèrent les sorties.

— "C'est fini," dit Henri calmement. "Vous n'avez nulle part où aller."

L'homme, résigné, lâcha les documents. "Vous ne comprenez pas... La Confrérie n'est qu'une partie d'un plan bien plus vaste."

Alors qu'Alice fouillait la pièce, elle découvrit des documents qui révèlent des connexions inattendues entre la Confrérie de Saint-Jabord et d'autres organisations secrètes à travers le pays. Ces découvertes ajoutaient une nouvelle couche de complexité à l'enquête.

— "Regarde ça, Henri," dit Alice en lui montrant un dossier. "Ils ont des alliés puissants en dehors de Saint-Jabord."

Henri, en parcourant les pages, murmura. "Nous avons mis à jour quelque chose de bien plus grand que ce que nous imaginions."

Dehors, les habitants attendaient avec une tension palpable. La nouvelle de l'arrestation se propagea rapidement. Marie, toujours au centre de l'attention, tentait de rassurer les villageois.

— "Ils l'ont arrêté," annonça-t-elle. "Nous avons encore du chemin à parcourir, mais c'est un grand pas."

Pierre, le forgeron, prit la parole. "Nous devons rester unis. Cette nuit marque le début de notre libération."

Avec l'homme arrêté et les documents en sécurité, Alice et son équipe retournèrent à leur base temporaire pour analyser les nouvelles informations. Ils savaient que leur victoire n'était qu'une étape dans une bataille plus vaste.

— "Nous devons alerter les autorités nationales," dit Henri. "Cela dépasse largement Saint-Jabord."

Alice acquiesça. "Je contacterai mes supérieurs dès demain. Nous devons mettre fin à cette conspiration une fois pour toutes."

Seule dans sa chambre, Alice réfléchit aux événements de la nuit. Elle se sentit à la fois soulagée et accablée par le poids des nouvelles découvertes. Elle savait que leur combat ne faisait que commencer.

Elle pensa aux habitants de Saint-Jabord, à leur courage et à leur détermination. Ils avaient prouvé que même face à la conspiration et à la trahison, l'unité et la justice pouvaient prévaloir.

Le lendemain matin, Alice décida de se mêler aux villageois, de mieux comprendre leurs vies et leurs histoires. Elle se rendit à la boulangerie de Marie, où une atmosphère de soulagement régnait.

— "Inspecteur, vous avez été incroyable," dit Marie en lui servant une tarte aux pommes. "Nous ne saurons jamais assez vous remercier."

Alice, touchée par la gratitude de Marie, répondit humblement. "C'est vous, les habitants, qui avez montré un courage incroyable. Je ne fais que mon travail."

Alice, Henri et Julien se réunirent une dernière fois avant de quitter Saint-Jabord. Ils savaient que leur enquête devait maintenant s'élargir, atteindre les racines profondes de la conspiration qu'ils avaient découverte.

— "Nous devons rester en contact," dit Alice. "Cette affaire est loin d'être terminée."

Henri, confiant, répondit. "Nous avons déjà accompli beaucoup. Ensemble, nous pouvons défaire cette conspiration."

Julien, toujours optimiste, ajouta. "Et nous avons les preuves nécessaires pour alerter les autorités. Ils ne pourront plus se cacher."

Alors qu'ils quittaient Saint-Jabord, Alice se sentit une fois de plus pleine de détermination. Elle savait que la route serait longue et semée d'embûches, mais elle était prête à continuer le combat.

Les villageois se rassemblèrent pour les saluer, leurs visages exprimant gratitude et espoir.

— "Merci, inspecteur Duval," dit Pierre en lui serrant la main. "Vous avez fait bien plus que résoudre un mystère. Vous nous avez donné l'espoir."

Alice sourit, émue. "Je reviendrai. Et nous mettrons fin à cette conspiration ensemble."

Alors que la voiture s'éloignait de Saint-Jabord, Alice regarda par la fenêtre, les souvenirs de leur enquête défilant dans son esprit. Elle savait que la nuit de la révélation n'était que le début d'une quête plus grande.

Avec ses alliés à ses côtés et le soutien des habitants, Alice Duval était prête à affronter les ombres de la conspiration. Leur lutte pour la justice ne faisait que commencer, et elle était déterminée à ne jamais abandonner.

Chapitre 13 : Les Ombres Persistantes

Le soleil se couchait lentement, teintant le ciel d'un mélange de rose et d'orange. L'inspecteur Alice Duval contemplait la vue depuis la fenêtre de sa chambre d'hôtel, réfléchissant à la persistance des ombres qui planaient encore sur Saint-Jabord. Malgré les avancées dans l'enquête, elle sentait que quelque chose d'important leur échappait encore.

Elle se tourna vers Henri, qui venait d'entrer.

— "Henri, as-tu le sentiment que nous avons vraiment tout découvert ?" demanda-t-elle, l'air pensif.

Henri s'assit en face d'elle, son visage grave. "Non, Alice. Il y a encore des secrets enfouis dans ce village. Nous devons rester vigilants."

Le lendemain matin, Alice et Henri se promenèrent dans le village. Les rues étaient animées, les habitants vaquant à leurs occupations quotidiennes mais avec une inquiétude palpable dans l'air. Les regards furtifs et les murmures indiquaient que tout n'était pas encore résolu.

Alice s'arrêta à la boulangerie de Marie pour discuter.

— "Bonjour, Marie. Comment allez-vous ?" demanda Alice avec un sourire.

Marie, visiblement préoccupée, répondit : "Bonjour, inspecteur. Nous sommes encore sous le choc des récents événements. Il y a des rumeurs qui circulent, des choses que je n'ose pas croire."

Alice s'aperçut de l'anxiété dans les yeux de Marie. "Quelles rumeurs, Marie ?"

Marie baissa la voix. "Certains disent que la Confrérie n'est pas totalement démantelée, que d'autres membres agissent encore dans l'ombre."

De retour à son bureau temporaire, Alice examina les documents saisis au manoir. Chaque feuille, chaque note semblait tissée d'indices, mais les pièces du puzzle ne s'assemblaient pas parfaitement.

Ses pensées furent interrompues par Julien.

— "Alice, j'ai trouvé quelque chose d'intéressant dans les archives locales," dit-il en brandissant un vieux livre.

Alice feuilleta rapidement les pages, découvrant des détails sur des familles influentes de Saint-Jabord, leurs alliances secrètes et leurs trahisons. "C'est un véritable nid de vipères," murmura-t-elle.

Les soupçons d'Alice grandissaient. Elle convoqua une réunion avec Henri et Julien pour discuter des nouvelles découvertes.

— "Henri, Julien, regardez ça," dit-elle en étalant les documents sur la table. "Ces familles ont des liens qui remontent à plusieurs générations. Nous devons creuser davantage."

Henri hocha la tête. "Nous devons interroger des personnes âgées du village, celles qui connaissent les histoires et les secrets d'antan."

Julien, toujours enthousiaste, ajouta. "Je m'occuperai de parler avec les anciens. Ils sont souvent plus enclins à partager des souvenirs."

Alice et Henri commencèrent leur enquête en visitant les maisons des aînés du village. Chez Madame Dupont, une vieille dame aux cheveux blancs et aux yeux perçants, ils trouvèrent une mine d'informations.

— "Bonjour, Madame Dupont. Nous aimerions vous poser quelques questions sur l'histoire de Saint-Jabord," dit Alice poliment.

Madame Dupont les invita à s'asseoir, les yeux brillants d'intérêt. "Je me souviens de tant de choses... La Confrérie, par exemple, n'était pas toujours aussi sinistre."

Alice et Henri écoutèrent attentivement, prenant des notes sur les noms et les événements mentionnés.

En fouillant les archives de la mairie, Alice tomba sur un dossier ancien, marqué "Confidentiel". Elle l'ouvrit et découvrit des lettres cryptées, des photos de réunions secrètes et des plans pour des rituels.

Henri, à ses côtés, examina les documents. "Cela prouve que la Confrérie avait des projets bien plus sombres que ce que nous avions imaginé."

Alice, absorbée par ses pensées, murmura : "Nous devons découvrir qui est encore impliqué."

Alice décida de confronter directement certains habitants. Elle se rendit chez le maire, un homme respectable mais souvent énigmatique.

— "Monsieur le Maire, nous avons des raisons de croire que certains membres de la Confrérie agissent encore. Pouvez-vous nous aider ?" demanda Alice avec insistance.

Le maire, visiblement mal à l'aise, répondit évasivement. "Je ne suis pas au courant de telles activités, inspecteur. Mais je vous conseille de rester prudente."

De retour à l'hôtel, Alice se sentit submergée par les émotions. La pression de l'enquête, les attentes des habitants, et la peur constante de l'inconnu la hantaient.

Elle regarda par la fenêtre, les lumières du village scintillant dans l'obscurité. "Nous sommes si près du but, mais les ombres persistent," pensa-t-elle.

Henri, la rejoignant, posa une main réconfortante sur son épaule. "Nous réussirons, Alice. Nous devons juste continuer à creuser."

Julien, de son côté, développa une amitié avec Clara, une jeune journaliste locale. Ensemble, ils décidèrent de mener leur propre investigation parallèle, découvrant des éléments que même Alice ignorait.

— "Clara, ces articles de journal cachent des vérités non dites," dit Julien en analysant de vieux journaux. "Nous devons découvrir ce que la presse ne dit pas."

Clara, passionnée, répondit : "Je suis avec toi, Julien. Ensemble, nous pourrons révéler la vérité."

Une nuit, alors qu'Alice travaillait tard, elle reçut un appel anonyme. La voix, rauque et menaçante, la mit en garde.

— "Vous approchez trop près de la vérité, inspecteur. Arrêtez votre enquête ou vous en subirez les conséquences."

Alice, troublée mais déterminée, répondit fermement. "Je ne reculerai pas."

Le lendemain, Julien rapporta qu'il avait été suivi. Clara avait également reçu des menaces. Alice comprit alors que leurs vies étaient en danger, mais cela ne fit qu'accroître sa détermination.

— "Nous devons être plus prudents, mais nous ne pouvons pas arrêter maintenant," déclara-t-elle à son équipe.

Henri, solennel, ajouta. "Nous savions que ce ne serait pas facile. Mais nous sommes sur la bonne voie."

En visitant une fois de plus les habitants, Alice rencontra Jacques, un ancien membre repenti de la Confrérie. Il avait quitté l'organisation des années auparavant et était prêt à parler.

— "Inspecteur, je regrette tant de choses," dit Jacques, les larmes aux yeux. "Je veux aider à arrêter ce qu'il reste de la Confrérie."

Alice, touchée par son remords, lui répondit. "Votre aide est précieuse, Jacques. Dites-nous tout ce que vous savez."

Utilisant les informations de Jacques, Alice et son équipe mirent en place un plan pour piéger les derniers membres actifs de la Confrérie. Ils organisèrent une fausse réunion, espérant attirer les conspirateurs restants.

La nuit de la réunion, le suspense était à son comble. Alice, cachée avec ses collègues, observait chaque mouvement. Les ombres se mouvaient dans l'obscurité, créant une atmosphère oppressante.

Les membres de la Confrérie apparurent un par un. Alice donna le signal, et les policiers encerclèrent les lieux. Une confrontation tendue s'ensuivit.

— "Vous êtes tous en état d'arrestation !" cria Alice, son arme braquée sur les conspirateurs.

Un des membres, désespéré, tenta de fuir mais fut rapidement maîtrisé par Henri.

Avec l'arrestation des derniers conspirateurs, Alice sentit enfin une lueur d'espoir. Les ombres de la Confrérie s'estompaient, laissant place à la justice et à la vérité.

Les habitants de Saint-Jabord, reconnaissants, organisèrent une cérémonie en l'honneur de l'équipe d'Alice. Les visages autrefois marqués par la peur s'illuminaient maintenant de gratitude et d'espoir.

Alice, prenant la parole, déclara : "Nous avons tous combattu ces ombres ensemble. La lumière de la vérité a triomphé, grâce à votre courage et à votre détermination."

Elle sentit une immense fierté et une profonde connexion avec les habitants de Saint-Jabord. Les ombres persistantes avaient été dissipées, laissant un village uni et prêt à construire un avenir meilleur.

Chapitre 14 : Reconstruction et Résilience

Le soleil se levait doucement sur Saint-Jabord, illuminant le village d'une lumière dorée. Les ombres de la Confrérie s'étaient dissipées, laissant place à une nouvelle ère. L'inspecteur Alice Duval se tenait sur la place du village, observant les premiers signes de reconstruction. Les habitants, autrefois hantés par la peur, étaient maintenant déterminés à rebâtir leur communauté.

Alice pensait à tout ce qu'ils avaient traversé. Elle ressentait un mélange de fierté et d'épuisement, mais elle savait que leur travail n'était pas encore terminé. Henri la rejoignit, une tasse de café à la main.

— "Tu vois, Alice, même après la tempête la plus sombre, le soleil finit toujours par briller," dit Henri avec un sourire.

Alice acquiesça. "Oui, mais nous devons rester vigilants. Les ombres peuvent toujours revenir."

Le marché de Saint-Jabord était en pleine activité. Les habitants se retrouvaient pour discuter, échanger des nouvelles et des produits locaux. Marie, la boulangère, semblait plus sereine que jamais.

— "Bonjour, inspecteur Duval," dit-elle en tendant un pain frais. "Merci pour tout ce que vous avez fait."

Alice prit le pain avec gratitude. "C'est grâce à vous tous, Marie. Vous avez montré un courage incroyable."

Plus loin, Julien et Clara travaillaient ensemble sur un article révélant la vérité sur la Confrérie. Leur collaboration était devenue une véritable amitié, pleine de respect mutuel et de complicité.

— "Julien, regarde cette photo. Elle pourrait être la clé pour comprendre comment la Confrérie a fonctionné pendant toutes ces années," dit Clara en pointant une vieille photographie.

Julien hocha la tête, concentré. "Tu as raison. Nous devons enquêter sur ces visages. Ils pourraient encore cacher des secrets."

Les travaux de reconstruction avaient commencé. Des ouvriers réparaient les bâtiments endommagés, tandis que les habitants s'organisaient pour nettoyer les rues et redonner vie à leur village.

Alice et Henri visitèrent le chantier principal, où des bénévoles s'affairaient. Parmi eux se trouvait Jacques, l'ancien membre repenti de la Confrérie.

— "Inspecteur, j'ai tellement de regrets," dit Jacques, essuyant la sueur de son front. "Mais travailler ici, aider à reconstruire, c'est ma manière de me racheter."

Alice posa une main réconfortante sur son épaule. "Vous faites ce qu'il faut, Jacques. Nous apprenons tous de nos erreurs."

Alice, dans un moment de solitude, se promenait dans les ruines du manoir. Chaque pièce, chaque couloir racontait une histoire de trahison et de douleur. Elle pensait à tout ce qu'ils avaient découvert, aux vies affectées par les actions de la Confrérie.

Henri la rejoignit, remarquant son air mélancolique.

— "À quoi penses-tu, Alice ?" demanda-t-il doucement.

— "À toutes ces vies brisées. À ce que cela signifie pour nous tous," répondit-elle, les yeux fixés sur une vieille photo accrochée au mur. "Nous avons gagné une bataille, mais la guerre contre l'injustice continue."

Alice et Henri continuèrent à rencontrer les habitants pour écouter leurs histoires et leurs préoccupations. Chez Monsieur Bertrand, un vieux fermier, ils trouvèrent une grande sagesse.

— "Les secrets finissent toujours par sortir, inspecteur. La vérité trouve toujours son chemin," dit Bertrand, en caressant son chien.

Henri, curieux, demanda : "Pensez-vous que d'autres secrets pourraient encore être cachés ici ?"

Bertrand sourit tristement. "Il y a toujours des secrets, mon garçon. L'important est de rester vigilant et de continuer à chercher la vérité."

Julien et Clara continuaient leur enquête journalistique, découvrant des liens inattendus entre certaines familles de Saint-Jabord et les activités de la Confrérie. Leur collaboration devint plus personnelle, créant une sous-intrigue captivante.

— "Clara, ces documents montrent que certaines familles ont profité de la Confrérie. Nous devons révéler cela," dit Julien avec passion.

Clara, prenant sa main, répondit : "Nous le ferons, Julien. Ensemble, nous exposerons la vérité, peu importe le prix."

Pendant ce temps, Alice reçut une lettre mystérieuse. Les mots étaient soigneusement choisis, laissant entendre qu'une nouvelle menace pourrait émerger.

Un soir, Alice et Henri furent convoqués par le maire. Ce dernier avait reçu des informations cruciales sur un ancien membre de la Confrérie, encore en liberté et potentiellement dangereux.

— "Inspecteur Duval, nous devons agir vite. Cet homme est une menace pour notre village," dit le maire, visiblement inquiet.

Alice prit la lettre et la lut attentivement. "Nous devons le retrouver avant qu'il ne cause d'autres dommages. Nous ne pouvons pas laisser l'ombre de la Confrérie s'étendre à nouveau."

L'équipe se mit immédiatement à la recherche de cet individu. Chaque piste, chaque indice les rapprochait un peu plus de leur cible. Mais la tension montait, et Alice savait qu'un faux pas pouvait être fatal.

Un soir, alors qu'ils approchaient d'une vieille cabane isolée, Henri remarqua des traces fraîches dans la neige.

— "Il est ici, Alice. Nous devons être prudents," murmura-t-il, son arme prête.

Alice, le cœur battant, se rapprocha de la porte. "Prépare-toi, Henri. Nous ne savons pas à quoi nous attendre."

Avec précaution, ils entrèrent dans la cabane. L'air était glacial, et chaque craquement de planche sous leurs pieds résonnait dans le silence oppressant. Soudain, une silhouette émergea de l'ombre.

— "Ne bougez plus !" cria Alice, pointant son arme.

L'homme, surpris, leva les mains. "Je n'ai rien à voir avec la Confrérie ! Je vous en supplie, écoutez-moi !"

Henri fouilla rapidement la cabane, trouvant des documents compromettants. "Alice, regarde ça. Il ment."

De retour au commissariat, Alice interrogea l'homme. Ses réponses étaient évasives, mais elle sentait qu'il savait plus qu'il ne voulait le dire.

— "Pourquoi étiez-vous caché ? Que savez-vous de la Confrérie ?" demanda-t-elle avec insistance.

L'homme, visiblement nerveux, finit par céder. "Je... j'étais un simple exécutant. Ils me faisaient chanter. J'ai des preuves, mais j'ai peur pour ma vie."

Alice échangea un regard avec Henri. "Nous vous protégerons, mais vous devez tout nous dire."

Avec les nouvelles informations, Alice et son équipe purent démanteler les derniers réseaux de la Confrérie. Les preuves fournies par l'homme leur permirent de traquer d'autres membres encore actifs.

Cependant, cette alliance fragile avec l'ancien membre de la Confrérie apporta son lot de complications. Certains habitants se méfiaient de la protection accordée à un ancien ennemi.

— "Pourquoi lui faire confiance, inspecteur ?" demanda Marie lors d'une réunion publique. "Il a trahi notre village."

Alice, ferme, répondit : "Parce que parfois, pour détruire une organisation de l'intérieur, nous devons utiliser les informations fournies par ceux qui la connaissent le mieux."

Alors que tout semblait se calmer, Alice reçut un appel alarmant. Une nouvelle preuve venait d'être découverte, indiquant qu'un membre influent de la communauté était impliqué dans les activités de la Confrérie.

— "Henri, nous avons une nouvelle piste. Prépare-toi. Nous devons agir vite," dit-elle, l'adrénaline montant.

Ils se dirigèrent vers la maison de l'individu suspecté. La confrontation était inévitable, et Alice savait que cela pourrait tout changer.

La maison était plongée dans l'obscurité lorsqu'ils arrivèrent. À l'intérieur, ils trouvèrent des documents et des preuves accablantes. L'individu, acculé, finit par avouer sa participation.

— "Pourquoi avez-vous fait cela ?" demanda Alice, bouleversée.

L'homme, les larmes aux yeux, répondit : "J'étais jeune et influençable. La Confrérie m'a promis richesse et pouvoir. Je regrette tout cela maintenant."

Alice, émue, comprit que même ceux qui avaient trahi pouvaient ressentir des remords. Mais la justice devait être rendue.

Avec l'arrestation des derniers membres de la Confrérie, le village commença à respirer à nouveau. Les habitants, unis par leurs épreuves, travaillaient ensemble pour reconstruire leur communauté.

Alice et Henri, fatigués mais satisfaits, regardaient le village renaître de ses cendres.

— "Nous avons fait du bon travail, Alice," dit Henri en souriant.

Alice hocha la tête. "Oui, mais notre mission continue. Nous devons veiller à ce que justice soit toujours faite, pour protéger ceux qui ne peuvent se défendre seuls."

Le soir, alors que le village célébrait sa renaissance avec une fête, Alice réfléchissait à tout ce qu'ils avaient accompli. Les ombres de la Confrérie s'étaient estompées, mais les souvenirs resteraient gravés à jamais.

Elle leva son verre, regardant ses amis et collègues autour d'elle. "À la résilience de Saint-Jabord, et à un avenir meilleur."

Les villageois acclamèrent, remplis d'espoir et de détermination. Une nouvelle ère commençait pour Saint-Jabord, une ère de paix et de justice.

Et ainsi, la saga des "Secrets du Manoir" se terminait, laissant derrière elle une leçon de courage et de résilience face aux ombres du passé.

Chapitre 15 : Un Nouvel Équilibre

Le village de Saint-Jabord retrouvait peu à peu sa quiétude après les tumultes récents. Les habitants, autrefois inquiets et méfiants, recommençaient à sourire et à vaquer à leurs occupations quotidiennes. Les enfants jouaient à nouveau dans les rues, et les marchés étaient de nouveau animés par le brouhaha des échanges et des conversations.

Alice, après avoir mené à bien son enquête et découvert les nombreux secrets enfouis du manoir, se tenait maintenant devant l'imposante bâtisse pour une dernière fois. Le manoir, qui avait été le théâtre de tant de mystères et de révélations, semblait presque paisible sous la lumière douce du matin. Les ombres qui autrefois paraissaient menaçantes s'étaient dissipées, laissant place à une aura de sérénité.

Elle savait que ce moment marquait la fin d'un chapitre important de sa vie. Les révélations et les forces qu'elle avait affrontées au manoir l'avaient changée profondément. Elle avait découvert en elle une force insoupçonnée, une détermination à toute épreuve et une compréhension plus profonde des mystères du monde.

Alice prit une profonde inspiration, savourant l'air frais et pur de la campagne. Elle se sentait prête à affronter de nouveaux défis, à explorer d'autres mystères et à aider ceux qui, comme les habitants de Saint-Jabord, avaient besoin de son aide.

Elle se retourna une dernière fois vers le manoir, adressant un adieu silencieux aux secrets qu'il contenait. Puis, avec une résolution renouvelée, elle prit la route qui la mènerait vers de nouvelles aventures. Elle savait que son avenir était incertain, mais elle était prête à l'affronter avec courage et détermination.

En quittant Saint-Jabord, Alice emportait avec elle non seulement les souvenirs de ses expériences, mais aussi une confiance inébranlable en ses capacités. Le monde était vaste et rempli de mystères, et elle était prête à les découvrir un par un.

Ainsi, sous un ciel clair et prometteur, Alice s'engagea sur le chemin de sa nouvelle vie, laissant derrière elle un village en paix et un manoir redevenu silencieux.

About the Author

Jérôme Noirval est né à Bourges, une ville riche en histoire et en culture située au cœur de la France. Il a grandi dans une famille de classe moyenne où l'amour des livres et de la lecture était omniprésent. Son père, instituteur, et sa mère, bibliothécaire, lui ont inculqué dès son plus jeune âge une passion pour les mots et les histoires.

Après avoir obtenu son baccalauréat avec mention, Jérôme a poursuivi des études en lettres modernes à l'Université de Tours. Durant ces années universitaires, il a commencé à écrire ses premières nouvelles, souvent inspirées par les œuvres d'Agatha Christie, Arthur Conan Doyle, et les maîtres du polar français comme Georges Simenon.

Les intrigues de Jérôme Noirval sont habilement construites, avec une attention particulière aux détails et aux indices disséminés tout au long de l'histoire. Il puise son inspiration dans les classiques du genre policier, mais aussi dans les mystères de la vie quotidienne.

www.ingramcontent.com/pod-product-compliance
Lightning Source LLC
Chambersburg PA
CBHW031449130726
47989CB00003B/1326